I'M NOT GOOD

我不擅长
的生活

AT LIFE

◎ 小红书 主编

文匯出版社

新经典文化股份有限公司
www.readinglife.com
出　品

目录

序 "身边"是与我有关的辽阔世界

李敬泽

有一万多人参加了小红书的"身边写作大赛",他们在自己的生活中书写,在上下班的地铁上,在写字楼下的小公园里,在忙完家务之后。很多人在手机上写作,有人直接写在自己的账号页面,也有一个老人,她把初稿写在当教师的女儿用过的备课本背面。因为他们的书写,而有了我们手中这本书。

他们在社交媒体上分享自己的经历和记忆、自己和身边人的人生,在自觉和不自觉间回到了人之本原,回到了讲故事的古老传统。想象一下,现在我们穿越到人类历史的早期,那时人们刚从树上下来,没有手机,没有小红书。夜晚降临,人们聚在火堆周围,取暖、烧烤,但是沉默。这时忽然有个人要讲讲今天他如何追上了正架在火上的这只鹿,他越说越来劲,眉飞色舞,他的讲述史诗起来了,波澜壮阔了。人们一边咬着烤鹿肉一边听他讲,渐渐地,人们发现他脸上有了光,不是火光,而是眼睛里有一种遥远在闪烁,似乎他正穿过此时,注视着白天那个在山野中奔跑的人、那个猎鹿者。他注视着自己，把自己对象化了，他既在此刻又在过去，既是自己又不是自己，他是众人中的一个人，又是众人中的任意一个人，于是有什么东西在闪闪发光。

这闪闪发光的东西就是人类生活的经验、生活的意义。一个人整理自己的经历然后讲给别人，这是在确立一个整体性的"我"，同时也在确认"我们"。没有"你"和"他"，人怎么会想起有一个"我"？"我"对那只鹿的追猎通过讲述抵达今天晚上的篝火，抵达某种普遍性。那个火堆旁的讲述者脸上奇异的光是故事的光、是经验和意义的光。讲故事的人和听故事的人，共同构成了"我们"，"我"的故事就是"我们"的故事。

通过故事，人们分享经验，达成意义。讲述者不仅在建构自我，同时也建设了"身边"。"身边"是一个关系的空间，关涉身边的人、身边的事；同时也是感知的边界，即"我"所感知的、与"我"有关的人和事。当故事被讲述时，倾听者——那些七嘴八舌参与"我"的故事的人，也进入了"我"的"身边"，反过来，"我"也进入了他们的"身边"。"身边"就是"我们"的生活世界、"我们"的村庄。通过故事建设"身边"，既是把自己向陌生的他人打开，也是连接他人、让陌生的世界呈现为属于"我"的亲切的世界。在这种连接中，"我"不是一个封闭的原子，"我"在世界中体认了生活的意义。

一九三六年，德国哲学家本雅明写了一篇著名的文章——《讲故事的人》，他慨叹，讲故事的人"已经不直接作用于当下了，讲故事的人离我们很遥远，而且越来越远"。这是因为"一种对我们而言仿佛不可剥夺的东西、我们拥有的最安全的东西，被从我们身边夺走了，这种东西就是交流'经验'的能力"。忧心忡忡的本雅明担心的是，在现代历史的巨大风暴中，每个人都沦为孤岛，无法交流和对话，不再有个人的和共同的故事。他的忧虑至今都没有过时，但或许也不必那么悲观，互联网也许具有阻断"经验"交流、将个人困于茧房和孤岛的能力和趋向，但当一个人愿意完整地讲述自己的故事时，他会发现，通过互联网、通过新媒体，他点燃了一蓬篝火。在这里，讲述和倾听依然能够让人们确认自我和世界，那种珍贵的交流"经验"的能力依然保存在我们身边。

参与"身边写作大赛"的一万多位写作者大概没有想过要当作家，他们所写的也并不会自然地抵达通常意义上的文学。同时，我也很怀疑这是否是他们的志向，他们远远先于、早于现代意义上的小说家、文学家，他们是篝火边的讲述者，真的是有些自己认为重要的事要讲给大家，关于经验教训、关于智慧和意义、关于一个人怎样不容易地谋生，甚至很具体很实用，关于怎样养育一个孩子，让她健康正常。本书就讲述了这样一些故事。在这个意义上，他们不是本雅明说的那种关在房间里的孤独的现代小说家、文学家，他们是"讲故事的人"，就在我们身边，在我们的邻居、同事和朋友中间。站在文学的、专业的观点上，他们被称为"素人"，是无名的、普通的，像一张白纸等待被描绘，但是也许可以在老子《道德经》中"见素抱朴"的意义上理解他们的"素"，他们所见所抱的是朴素的、直接的生活和经验，书写未必是通向某种艺术境界的初级阶段，他们的书写本身就有丰沛的、实际的意义。

感谢所有书写与倾听的人。在这个视频和图像的时代，这些讲述重新证明了文字和书写的力量；证明了当一个人要尽可能完整地讲述自己、要深入地领会世界和他人时，能够依靠的依然是文字；也证明了，讲述自己和身边的故事并不一定是一种高高在上的专业，在本原上、在"见素抱朴"的意义上，这是一个人和他所在的共同体的家常事，事关我们的记忆、经验，事关生活的意义和信念，事关一个人和其他人、和世界的连接。从讲述和书写中，我看到了生命的阴晴圆缺，看到了在最平凡的生活中也有金戈铁马、风霜剑气。通过讲述，我意识到你是我的"身边"，我是你的"身边"，"身边"是一个辽阔的、与我有关的世界。

上 ／ 世界是勇敢者的游戏

@ **奔跑吧蜗牛**

中年 l 人，拖家带口到广州做起了电话销售。

"和生活的这场战斗，低着头是躲不掉子弹的。"

我在广州做电销

二〇二二年除夕夜，湖北。我躲在卫生间，点开了手机中的网贷页面，因为家里的存款已经见底。

老婆做好了年夜饭，四岁的女儿喊我："爸爸，吃饭啦。"我看着手机上的"申请未通过"，长叹一口气。走到餐桌前，我摸了摸女儿的头："新年快乐！"我又拿了两个碗，装了一些饭菜，放在电视柜上的两个相框前："爸、妈，新年快乐。"

二〇一八年，我三十岁，我退掉了深圳城中村的出租房，揣着攒下来的二十万，带着老婆回到湖北老家照顾患癌的父母。四年间的经历，至今不敢回忆，最终人财两空，负债四十多万。二〇二二年春节后，老婆带孩子回了江西娘家，我独自踏上去广州的绿皮火车。我跟老婆约定："等我赚钱了，就回来接你们。"

这世间有无数平凡的人正在经历巨大挫折，是不是不服输，就能走向光明？多年以前，我为自己赚不到钱而自卑，父亲对我说："莫急，只是时机未到。等到时候，我儿如下山猛虎，你就看。"

1

广州，中国一线城市，常住人口一千八百八十二万，大学生数量稳居全国榜首，每年有近百万大学毕业生进入职场。他们的简历可以装订成册，而我的简历就像电线杆上单薄的小广告。想要进入大公司，只有美团和饿了么可以选择，但如果去送外卖，四十多万的债务只会越滚越多。

我租住在荔湾区一个城中村的顶楼出租屋，一个月六百块，没有电梯，没有阳光。但房东说这间房风水好，上一个租客赚到了钱，刚刚搬走。其实房东对每一个来租房的人都会这么说。没关系，对于当时的我来说，只要他们不是刚刚被抬走就行。

安顿下来的第二天，我就开始在网上投简历，薪资标到一万以上的岗位我都投，职位要求、工作内容一概不看。因为不想撒谎，在老家照顾父母的这几年，就成了简历上的空白期。也是因为这一点，我被很多心仪的公司拒之门外。这也可以理解，四年没有工作，容易令人猜想是刚刑满释放。

我在广州的第一份工作是给一家皮鞋公司做直播带货主播。这个直播岗位薪资写的是两万，要求只有八个字——口齿伶俐，吃苦耐劳。近几年，大家总说直播带货赚钱，我也想去试试。

这家公司离我租住的风水宝地五公里，我都是扫一辆共享单车骑过去。公司很小，大厅展架上摆满了各式各样的皮鞋，味道很大，角落的一个房间就是直播间。

在与人力简单交谈之后，我当场就被录用了，底薪四千，卖一双鞋提成十块。公司怕我反悔，让我下楼吃个晚餐就上来上班。好吧，先求生存，再谋发展。

加上我，公司一共有四个主播，每人播六小时，每三小时轮换休息，直播二十四小时不间断。当天，我被安排坐在镜头外看着学。当时正在直播的小伙叫阿龙，他的口齿并不伶俐，经常卡住发呆，这可能会让手机屏幕前的观众以为自己网络不好。

阿龙下播后，坐在一旁中场休息，老板对着他劈头盖脸地输出："阿龙啊，难道我们的鞋除了不臭脚，就没有其他卖点了？你要是没话说，对着镜头睡觉都可以，别动不动喊管理员发个大福袋，我请你来是发福袋的？"阿龙跟了老板很多年，所以老板骂起来无所顾忌。

"小金，你上。"老板看向我说道。这句话让我产生了耳鸣。我颤颤巍巍地坐到手机镜头前，抬头一看，在线人数"8人"。其实阿龙睡觉也不是不可以。我这个人从小就不爱上镜，只要摄像头对着我，我就表现得像是有智力障碍，别人是摄像，而我是摄魂。对着摄像头和前方的聚光灯，我也像阿龙一样卡住了。嘴巴像被胶水粘住，难以启齿。那一刻，我有种在照相馆拍一寸照片的感觉。所有人都在等我开金口，我的脑海中如同走马灯一样，播放着人生中痛苦的片段。我对自己无能的愤怒暴涨到顶点，默默对自己说，豁出去了，怕，就得怕一辈子："大！家！好！"

由于蓄力过久、用力太猛，音量没有控制住，加上这句话又来得太突然，我凭借余光看到坐在椅子上的老板被吓得弹了起来。他这个反应让我的脸唰一下红到耳根。完美的开场奠定了我接下来三个小时的口不择言，我犹如阿龙附身，不受控制地用"不臭脚"这个卖点来填充每一个不知所措的空当。

直播带货是不允许说绝对化词语的，比如绝对、百分之百、第一。一旦违规，轻则扣分限流，重则封号。"我们的皮鞋绝对不臭脚。"老板皱着眉头，站起来拿着小黑板，对着我不停地敲，黑板上面写着："不要说绝对，违规两次了！"这下给我搞得更紧张了，我一边看着老板，一边补了一句："也不是绝对的。"老板摇摇头，提前离场。

凌晨三点，我终于下播，卖了五双鞋，提成五十块。我以为自己会被炒掉，人事经理却说："早点休息，明天不要迟到。"到后面我才知道，那五双鞋是老板买的。

第一次直播完，从公司楼上下来，外面正在下雨。我骑着共享单车，穿梭在无人的街道。与钱无关，我有一种从蹦极台上下来的轻松感，我突破了自己，战胜了恐惧。雨打在脸上，睁不开眼睛，我摔了两跤。这种经历，成功了就叫作励志。

2

那段时间我总会梦到父母，可能是因为直播的工作总是熬夜，又很焦虑。

我每天下午五点起床，这样的作息时间，根本不需要考虑房间的采光。只是挂在窗户外的衣服见不到太阳，要两天才会干透。我一天只吃两顿饭，分别是晚饭和消夜，重复的韭黄炒蛋盖饭和炒米粉，因为只有这两样是现炒的，而且便宜。有时候，饭后在这条荒凉的巷子里散步，我都怀疑自己是不是傻，跑到这种鸟不拉屎的地方奋斗。

后来，我越来越不紧张了，像一个机器人重复念着那些台词。我以为我是一个带货主播，其实，我只是一个网络导购，不论发挥得怎么样，在线人数永远不超过二十个。第一个月的工资拿到手上是六千七百五十元，没有社保，更没有公积金。

主播同事阿龙每次发了工资，都会去酒吧订台。我们一起抽烟的时候，他经常向我炫耀在酒吧认识了如何漂亮的妹子。但平时阿龙非常节省，总是蹭我的烟，就连脚上穿的鞋都是公司不要的残次品。他说，他是为了体验产品，这样才能更负责任地推荐给大家。他总在直播间里说，穿了他脚上的这款鞋，去酒吧蹦迪一晚上都不臭脚。

在这家直播卖鞋的公司，我一共干了五个月，黑白颠倒。老婆一度怀疑我是不是出国了，两个人总是有时差。

好在我穷、老婆本分，不然真的太方便出轨了。时至今日，我仍然感谢这家公司，不知死活地把我招进去，给了我喘息的机会。可人各有志，如果没有背上这么多债务和家庭担子，我还挺喜欢这样不需要太动脑筋的工作。

二〇二二年八月，因为看到了这家卖鞋公司的收入上限，我离职了，距离我离家时说的那句"等我赚钱了就回来接你们"遥遥无期。丈母娘跟老婆说："你爸爸当年就是出去打工赚钱，也说赚了钱把我们接过去，后来认识了一个狐狸精，就不要我们了。所以，穷没有关系，一定要在一起。"当月，我就把老婆孩子丈母娘都接过来了。当时手里只有一万多块，我换了一个环境比较好的两室一厅，租金押金花掉了一大半。

我的家庭如一叶扁舟，在海洋中游荡，别人家的豪华游艇从旁边驶过激起的浪，都有可能把我们掀翻。物质与良心的碰撞，在大城市尤为激烈。在这个年代，丈母娘的担心，基本不会出现在我这个穷男人身上，反观，如果我一直穷下去，谁会愿意一直跟着我？

3

我不想让丈母娘知道我还在找工作，所以每天都早早起床，找一家有格局的奶茶店，外带一瓶冰红茶 Plus，坐在门口椅子上刷招聘信息，直到跟着广州的上班族一起下班。三十多岁真的很尴尬，做基层吧，人家不愿意培养，当总经理吧，人家也不接受，何况我还有几年离职照顾父母的经历。根据这一点，我的对口工作应该是医院护工。

我面试了很多工作，但凡看起来体面一点的，面试之后都杳无音讯。这些公司的负责人面试时甚至没有抬头看过我，一直皱着眉头，好像在埋怨人力小姐姐来者不拒。相反，电话销售公司的人力一直在招聘平台上"舔"我："金先生，你好呀！我们老板睡眼蒙眬地看了你的简历后，一下从五百平米的大床上跳起来，觉都不睡，告诉我你是个难得的人才，让我一定把你招进来。你在找新工作吗？"

接二连三的面试失利后，我被他们求贤若渴的态度打动了。其实，更重要的是，电话销售这份工作不会对我挑三拣四，而且收入也是没有上限的。

就这样我找到了第二份工作，在一家做广州落户咨询的电话销售公司当销售，底薪两千八加提成，老销售月收入能达到一万五以上。这种公司的面试，只要你不骂人，基本都能通过。经过三天的新人培训，我和其他三个喊我老哥的年轻人一起正式上岗。

和我分到一个组的，是一个广州本地女孩，性格大大咧咧，只是因为在家里待得太无聊，出来打发一下时间。第一天，她已经和大家打成一片，这让呆坐在一旁的我显得不是很聪明。我们的工位宽七十厘米，摆放着一台廉价电脑和一个头戴式耳麦，主管要求每天通话达到一百二十次，累计通话时长六十分钟以上。

我平时接电话都紧张，这份工作无疑是在挑战我的短板，第一天为了搞心理建设，我擦桌子擦到中午十一点。新人女孩笑着说："老哥，你的桌子这么脏吗？""是啊，这桌子好脏。"很显然她是在调侃我，而我却一本正经地回答，生怕她继续说下去。

我的第一通电话，是在下午三点把自己大腿掐肿之后拨出去的。非常不幸，电话接通了。我用了差不多一整天进行脑海演练，却被一句近似愤怒的"不要再打给我了"打回原形。我十分理解客户为什么会如此反应。电话销售是一种非常冒昧的推销方式，你无法预知客户此时是否方便，也许客户在上厕所、在赶火车、在床上亲热，或者在和别人玩捉迷藏。必须拥有被讨厌的勇气，才能干好，简单来说，就是不要脸。

第一通电话失利后，下午我又硬着头皮拨了三十通，其中一通时间比较长的电话录音在第二天被主管拿到早会上，当反面教材来剖析。非常尴尬，公司地毯都快被我脚尖钻破了。大部分同事情商还是比较高的，都憋住没笑，就那位新人女同事笑得拍桌。我觉得她十分没有礼貌。年轻人，不知天高地厚。我决定在业绩上干掉她。

第三天，公司喜报，她一天连开两单，破了公司新人开单最快纪录。我在旁边咬着牙给她鼓掌。×的，爱笑的人果然运气都不会差。

4

我开始带饭上班了，因为我不想错过公司唯一的福利——微波炉。这台微波炉采天地之灵气，吸日月之精华，集百家味道之所长，臭烘烘的。从里面热出来的饭菜，味道来自五湖四海，让人没有食欲。

因为没业绩，我总是独来独往，成了一个可有可无的边缘人。我装作一副很认真的样子，来掩盖社恐和不自信。其实以前我也不这样，因为好几年都没有上班，加上家里的变故，才让我变成了这样。面对客户的拒绝，甚至谩骂，我每天都在干与不干之间摇摆。

电话销售，真不是人干的活。

有时候，因为放不开，我会躲到楼道里去打电话，虽然自在一些，但是楼道里很热，回声很大，我跟客户讲话的时候，会有一种西天如来佛祖在说话的感觉。待得久了，经理会给我打电话，问我去哪了。

到第十天，我实在干不下去了。当时临近二〇二二年中秋，我甚至都等不到混一盒月饼就离职了。我的第一份电话销售工作，就这样知难而退。

于是，我又拿着冰红茶 Plus，回到了那家奶茶店刷招聘平台信息。我开始认真分析自我优势：我写作能力还行——投了文案工作，我喜欢汽车——投了汽车销售员，我不爱笑——投了冷门的殡葬业务员。有一个文案岗位想要我，开价四千，给莆田系皮肤病医院写软文，比如"我的七年之痒终于好了！"。殡葬公司老板的头像是一个拿着八卦图的白胡子大师，问我的第一句话是："怕吗？"我心想，你是想问我怕哪个？我说："我不怕！"他让我加了微信，之后就不理我了，一定是大师觉得我没有敬畏之心，又或许他是去招聘平台上引流找客户的。我也去参加了特斯拉汽车销售的面试，一天早上去的，进了面试接待室发现已经有两位先到了。经理进来，走路带风："你们好，我是今天的面试官Coco，今天三位一起进行初试，请三位先做一下简单的自我介绍！"我听到她的英文名便开始走神，回忆上次喝CoCo奶茶是什么时候，她突然点名让我第一个说。靠，我的英文名还没想好呢！结果其他两个都是留学海归，还有一个是硕士，都有英文名。跟他们一比，我感觉我是来应聘保安的。经理说，晚上会发邮件通知面试结果。我很顺利地被淘汰了。

在那段时间，有一天晚上，我陪老婆打游戏，我选了廉颇，本队战绩一胜九败。老婆应该是忍了我很久，终于开口："你能别出去送死了吗？"

我说："不能一直等死啊，要主动出击！"

老婆哼了一下，说："你是出击了，结果呢？"一语双关，一针见血。我关掉游戏，对着厨房抽油烟机连抽了好几根烟。又穷又敏感的人，这下半辈子得过得多拧巴。

5

我替大家试过了，一个中年男人，没有高学历，不懂富婆的心，出路好像真的只有电话销售了。

我就像一只不小心蹦出栏的猪，东张西望的时候又被屠夫一脚踹了进去。那里才是我的归宿。

二〇二二年九月，我找到了一家做课程培训的电话销售公司，底薪四千，加提成。绕了一圈，我又戴上耳麦，打起了骚扰电话。它就像孙悟空头上戴的紧箍，摘都摘不下来。戴上它，我就不再是凡人，而是烦别人。

这次，我作为一个有十天工作经验的老手，参加了新人入职培训。让我印象深刻的，是和我一起参加培训的瘦兄弟。他戴着鸭舌帽两天没摘，一副说唱歌手的打扮。我以为他嘴皮子很利索，一直到进行考核测试的时候。当时我以为地震了，他全身像触电般颤抖，手上的纯铁戒指不停地撞击桌面，发出很有节奏的噪音。我从来没有见过对电销如此恐惧的人。

经理怕他出现应激反应，让他停下来。电销，他"销"没有做到，"电"倒是很到位。之后，他约我出去抽烟，很要强地说："妈的，主要是昨天晚上没休息好！"本来心情很沉重，被他这么一搞，我也没皮没脸地笑起来。

我开始埋着头打电话，不再在意别人的眼光，在每一次被拒绝之后，我不给自己内耗的时间，马上机械地拨出下一通。瘦兄弟则不一样，他要战胜的心魔更加强大。他每天的心理承受极限是被客户拒绝一次，所以头三天他每天只打一通电话，其他时间，就像非洲大草原上的狐獴，看我们打电话。

其实这并不是他的问题，而是在当下的市场环境中，许多工作都是不必存在的，只是需要工作的人多了，才显得这些工作正常起来。为人民服务的工作可以朝九晚五带双休，而为客户服务的工作却能要了你的命。

二〇二二年九月二十八日上午，瘦兄弟终于离开了我们，这份工作对于他来说太痛苦了，离开是一种解脱，他享福去了。临走前他说的最后一句话是："这个工作太无聊了，我不做了。"

没过多久，在打了一千多通骚扰电话之后，我终于开了电销生涯的第一张单。那个客户我跟了五天，客户考虑了三次，我每天都会梦到他。他终于冲动了。我迫不及待地把客户两千八百元的付款截图发到公司群里，享受鲜花和掌声。当天我还跟老婆去外面吃饭庆祝，吃饭花了一百八十块，这单提成一百四十块。

万事开头难，开单之后，我的心结似乎打开了，我敢站起来走动了。一百平方米的办公室，很多地方我都没有去过。没开单的时候，去饮水机接水我都有点理亏。开单之后，我可以自然地走到窗边伸个懒腰，看看窗外的风景。后来，我陆续又开了几个单，成为新人中最醒目的存在。即使这样，我的月收入也不足七千块。那个时候，我非常羡慕公司的销冠，每个月都能赚到一万五左右。不过，这个收入是他在公司熬了三年、大了肚子秃了顶才换来的。我等不了那么久，我当下就需要很多钱。都是打恶心的电话，哪里最赚钱，我就要去哪里。

6

我住的地方附近有个地铁站，是始发站。即使这样，每次我也抢不到座位。他们都是屁股跑在前面，我做不到。这样的性格，也是我还这么穷的原因之一吧。

二〇二三年三月，我进入了广州最大的一家金融电话销售公司，主营业务是帮助企业办理银行贷款。

这类公司制定的薪资结构非常聪明，没有底薪，提成百分之五十。这意味着，公司的用人成本非常低，绝不会主动开除人。除非你干死了，给你抬出去。而如果开单了，公司和员工都能获得利益。

这是离钱最近的行业。他们在招聘平台上的口号是：半年买车，一年买房。我曾一度怀疑，他们是不小心把老板的目标写上去了，直到走进这家公司，我才发现他们专门用一面墙展示员工喜提豪车的照片。"我们这里的员工买车，最差都是'BBA'。"带我熟悉环境的团队经理自豪地说。这里是走投无路者的收容所，是一条自命不凡的咸鱼的最后一站。负债百万在这里是标配，用公司的话说："我们喜欢招有负债的人进来，负债越高越好，这样的人不用敦促，往死里干。"

熙明是和我一起进入公司的兄弟，东北人，一米八五的瘦高个，戴着黑框眼镜，一股书生气。我们是网上认识的，都会弹吉他，爱唱歌、爱抽烟，都负债。刚见面的时候，他穷得手机都停机了，只能给我翻相册看："你看，这是我以前开的外贸公司，你看这个前台小姐姐。"

熙明曾经是一家外贸公司的老板，因为被合伙人坑了，背上了一百万的债务。这和他北方人豪爽的性格有很大的关系，即使只有微信钱包有一百多块，吃猪脚饭时，他也喜欢跟我抢着买单，跟自杀差不多。我们玩笑似的约定，如果他饿死了，我会像赵本山演的电影《落叶归根》一样，给他背回家。

这家公司总共有两百多人，一起打电话的时候，即使你是一个哑巴，别人也很难发现。公司实行"996"工作制，准确地说，早上八点半就要开始跳抓钱舞。抓钱舞，一种类似古老祭祀的祈福舞蹈，利用吸引力法则，通过双手抓空气的手法，达到吸引财富的目的。实际上，很多同事抓了一年，确实只抓到了空气。跳完抓钱舞，就开始早会游戏，输的人会被推上台，跳钢管舞。说是钢管舞，说白了，就是上去对着两百多人扭屁股。一定要扭到忘我，扭到露出内裤边边，才算合格。我曾当着两百多人的面，被逼在台上跳过，跟死过一次似的。每当我看到一个内向腼腆、郁郁寡欢的新人被逼上台跳舞，都很担心他大脑里紧绷着的弦会突然断掉，然后真的疯掉。

打电话最大声的那个叫阿毛。阿毛在十八岁的时候，遇到了一个他想要白头到老的女孩。那时候，阿毛除了爱，什么都没有。但因为这个物欲横流的年代，阿毛在二十二岁那年失去了她。

莫欺少年穷，阿毛发誓，要去打下江山，换回美人，用结果证明，女孩的离开是错的。后来，阿毛起早贪黑，发愤图强，从在基层打工到自主创业，全线体验了一轮。终于，在二十八岁那年，他用结果证明，女孩的离开是对的。现在他负债一百多万，来到了这里。

因为长时间处于精神高度紧绷的工作状态，我得了胃食管反流的毛病。医生说，这个病是由抑郁引起的，即使没有抑郁，得了这个病，也会让人抑郁。在那里工作的头三个月，我总共约了二十三个客户，因为各种原因，没有一个成交。这意味着在将近一百天的时间里，我一分钱的收入都没有，每天吃饭都要网贷借钱。

熙明则不一样，他开了一单，提成有一万多。发工资那天，他还在规划要请我去喝顿酒，结果工资一到账，就被银行划扣走了。那天，我们还是去喝了酒，喝的是闷酒。我们互相安慰，熙明说："怕个毛，你才欠四十多万，我都欠一百万了。"我也安慰他："你怕个毛，你又没老婆孩子，债多不压身。"他深吸了一口烟，缓缓吐出，说："听你这么一说，我更不想活了。"

我们的情绪很稳定。我们会去寺庙烧香磕头，我们会研究玄学，我们认为自己的能量太弱、气场萎靡，这样老天不喜欢。于是，我们约法三章，从今以后，谁也不许低着头打骚扰电话。我们要扬起脑袋大声地打。和生活的这场战斗，低着头是躲不掉子弹的。

7

上天经常会为难你，但一般不会整死你。我在这家公司的第四个月才有了收入，工资是四万五千元。开单那天下班，我是打车回家的，还吃了一直舍不得吃的三文鱼。在第二天的开单分享中，我说了一句看似狂妄、实则心酸的话："我他妈没有靠一点运气，我靠的是实力！"

随后，我在这家公司干了一年，陆续开了些大大小小的单，平均下来，每个月收入一万多。相当不稳定，形容的就是这样的工作。比如，公司有一个年近四十的男同事，一年三百六十五天，他在第三百六十天才开单，一单赚了二十万。虽然也算对得起这一年，但是有几人可以像他一样执着，绝大部分人都倒在了半路上。

因为身体承受不了如此高的强度，我换到了压力相对不那么大的同行公司。熙明也依然在这个行业，只是人各有志，现在进入了别的公司。听说，他今年开春的时候，开了一个大单，应该够他多活一阵子了。

我的债还没有还完，一年如此辛苦，收入也只够全家人在广州多活一年。所幸老婆贤惠，能够与我一起赚钱养家。今年业务特别难做，也不知道明年我会在哪。买车的愿望还没实现，但日子大体在慢慢好起来，初步扭转了家庭经济负增长的局面。我们搬到了一个环境好一些的房子，深夜再也不用忍受楼下大排档的划拳声，还有楼上外国友人开party的DJ舞曲。女儿终于学会了骑自行车，不是她笨，是因为到了这个小区才有花园，能放心学。

我不觉得电话销售是一个好工作，做了两年多，依然很抵触。这份工作其实挺内耗的，不确定因素太多，感觉就是埋着头一直往前走，也不知道会有什么结果。我经常拿喝酒这件事来形容做电销。这就像一个酒精过敏的人坐上了酒桌，酒是硬着头皮喝下去的，每一口都会带来极大的不适，但想吃酒桌上的菜，他就只能这样。很多人因为年龄、专业、负债、孩子各种问题，在社会上很难找到"正常"的工作，进入了电销这个看似没有门槛的行业。而这个行业之所以存在，也是因为有如此庞大的人群需要一份工作来维持生活，或者，维持对生活的希望。

当然，人无法持续做一件自己抵触的事情，肉身和精神总有一样会逼着你中途下车。现在我还不知道会做到什么时候，但渐渐地我会拥有越来越多可以随时离开的自由。

@ 反方向的阿粽

三十五岁辞职的前大厂员工。
回乡休养期间，成了村里的"种草大王"。

"我想成为青山镇那根'网线'，将这里细小却
有趣的故事传至网络，传给年轻人们。"

回乡后，我成了村里的种草大王

1

我第一次重新阅读青山镇这张"地图"，是在二〇二二年春天万物绽开的时候。

青山镇是我的家乡，年少时一心想要飞出大山的我了解杭州、了解上海，而对家乡的认知却仅限于门口那条街，还有屋后那条饭后散步时走的乡间小道。在飞出去之前，我对青山镇的人和事陌生得犹如一个游客。然而在那一年，青山镇成了将我破碎的精神世界黏合起来的乌托邦。

那时我在上海，出于工作原因，需要处理很多负面舆情。每天面对网络世界中人心最黑暗的一面，目睹周围人无端被万千陌生人攻击的痛苦，我时常觉得阳光将脚下的道路分割成了两界，一界是光，一界是被高楼大厦遮蔽的阴影。公司允许远程办公，我便申请回家办公三个月，由此第一次真正认识了我长大的这个地方。

初回家时，虽然还是一天十个小时坐在电脑前，但每天可以隔着窗户看到巍峨的大山，心境和在上海时是截然不同的。此前，我已经失眠一个多月，厌恶与人的纠葛，也对工作中的虚情假意感到厌倦。

可山是有灵的，尤其是下过雨之后的山。我在窗前一坐一下午，看云雾环绕在天青色的山峦间，听着淅淅沥沥的雨声，闻着湿润清新的空气。那一刻，我感觉自己已经飞出窗户，与山和雨化在一起，无拘无束，游荡在旷野里。

回到家的第三天，我去露台给花草浇水，碰到了出门晒太阳的独居老奶奶，我叫她外婆。小时候父母在厂里加班，她常常把我带去家里吃晚饭。

后来有一天，家中只有我一个人，因为常年只在过年时才回家，我并没有家门钥匙，母亲去亲戚家，把门锁了，我被困在家里。外婆发现后，问我饿不饿，家里有没有吃的，没有的话，她去菜市场给我买点菜，扔到露台上来。

这是一场不需要我先翻阅对方朋友圈找话题、双方寒暄、最后用"那个"或者"对了"带出想让人帮忙的目的，就直接获得了帮助的对话，是我在城市中得不到的质朴而温暖的人情。

那一天，我终于睡了个好觉。

醒来的时候，最先听到的是清脆的鸟鸣。我拉开窗帘，看着蓝天白云和青翠的山脉，第一次想要不管不顾地告别城市的一切，回到这里。

那两个月，我坐上乡村公交，漫无目的地一站一站下车，去陌生的村里游荡。新买的手机短短两个月就塞满了或美丽或温馨的照片和视频，没用什么专业拍摄技巧，可是看起来很温暖，很……怎么说呢，很人间。

2

我还没有下定决心放弃光鲜的大厂白领生活，公司召回，我便回了上海，并迎来了事业的上升。但没想到，半年之后，公司急速下跌的股价与我急速下跌的健康状况一并到来，我再次回到了青山镇。

准确地说，我是被抬回家的。

在上海的急诊室等姐姐来的时候，我已在义工和公寓女管家的帮助下结束了所有检查。我穿着不符合年纪的宝宝睡衣，只有一只脚挂着拖鞋，躺在担架上，被急诊室里的老人们围观。我看到一圈老人们的下巴，他们举着吊瓶，有的甚至拄着拐过来："哇，这么年轻，可惜了。"

我很想说"我还没死"，但说不出话。

姐姐连夜开车赶来，在路上她以为是来签病危通知书的。

回青山镇休养了一个月，体力终于恢复到可以走到镇上小操场的水平。街坊邻居知道我又回家办公，都很羡慕，觉得天天在家待着还有工资拿，怎么会有这么好的工作。偶尔我在家门口摆弄东西，隔壁阿姨路过总要酸溜溜地说一句："你赚钱这么轻松的呀，在家玩玩就赚钱啦？"

我不厌其烦地回复："是上班时间没到。"

我的工作就是在互联网圈也算新潮，从同事们能集齐召唤神龙的发色就能窥见一斑。工作的高峰期是普通人下班后，睡前刷一下微博，发现负面热搜，便把我的领导和相关的乙方都撅起来。通宵奋战是常有的事，几乎所有同事的作息都日夜颠倒，公司也为我们准备了额外的自由工时合同。毕竟我们的命明码标价，猝死得赔一百万。阿姨们只见我白天玩，不见我凌晨奋战。

看过再多哲理，都不及与死神打个照面令人大彻大悟。假期用尽，我不得不回到上海。又过了一段时间，发现健康指数有所回升但公司股价已跌穿地心的时候，我终于决定辞职。

二〇二三年夏天，我坐着一辆面包车回到青山镇。一箱一箱行李从车上往下搬的时候，吸引了半条街的邻居。大家远远围观，窃窃私语，路口小卖部的老板娘探出脑袋问我："你这是……不回上海啦？"

3

青山镇特别适合养生。它是浙江为数不多的没有工厂的乡镇之一，落后但美丽。早些年雾霾严重时，市区不见天日，青山镇仍然碧空如洗。这里还是水果之乡，本地产水果的口感是我长大后在城市里没吃到过的。不夸张地说，我在外只吃这里没有的品种。

整个春夏，我都被水果带来的幸福感填满，一时这家桃子熟了送来一筐，一时那家试种的甜瓜熟了挨家送一个显摆。没人送，我便去早市买。早市的价格格外讲究因果，可能十天半月前你在路上随手帮一个老人推了下车，你忘了人家，人家却认出了你，两个大西瓜就免费塞给你了。

至于那些属于城市生活部分的美食和居住体验，则多亏了如今发达的网购和次日达的买菜APP。

青山镇的快递点暂存着镇下所有村子的包裹，却还没有我在上海那区区八百来人的公寓包裹多。如果快递点有VIP，我应该是VVVVVIP。

母亲骂我在整个镇出了名的时候，我没有告诉她，收件人的名字写的是她。快递点老板一家每次都是喊她的名字："哎哟，多包裹用户哇，这次几个快递呀我看看，七个呀。阿琴。"

其实我只是喜欢等几个快递到了一起拿，但好像镇上的人觉得包裹放着容易丢，住在偏僻村子里的人会让镇上的亲戚帮忙去拿，譬如我老舅。这就导致我在老板家的存在感特别强，只拿一个快递的时候，老板会反复确认是不是机器有问题，怎么今天没有"多包裹用户"。

刚回到家时，每天都有大量快递。我搬回家的不仅是物品，也是在上海的生活方式。相比这个只有每年过年期间睡六天的房子，上海的出租屋更像我的家。因为很少回来，空荡荡的房间除了床和桌子什么都没有。

相比生活空间的不便，更难面对的是母亲的态度。母亲试图以"羞辱"我的方式，要我在身体还没痊愈的情况下去找工作。她无法接受我四肢齐全却整天在家"全职养病"。我无法接受她每天在我用了四小时终于睡着时敲门问"睡着了没"。

全职养病竟然比带病上班更难，这是我始料不及的。于是我决定把生活空间和家人分开，将空置的三楼洗漱间改作厨房。出于这些原因，我开始了回乡后的第一拨网购。

人一旦开始网购，就不会停。每天，我都拉着多巴胺色系的可折叠小拖车走在灰白色调的大街上。镇上只有一条不长的商业街，所有店面房都在这里。街的两边，就是那些于我来说名字和脸对不上号的邻居们的家。

小镇从前是个热闹的地方，城市化带走了年轻人，现在的小镇过了早市时间，街上便看不到什么人，也没什么车，安静到拖车嘎啦啦的声音可以惊动整条街的老板娘。于是，我每次取快递，都在人们的注目礼中完成，仿佛我走的不是乡村柏油路，而是红毯。

4

母亲对此意见颇大，在她看来，我大龄未婚又失业，应该自觉点，待在家中，每天出去走一圈就算了，怎么还这么高调。每次我拉着小拖车出门，她都会痛心疾首地说："又去拿快递！"等我回来，又骂一句："整个镇你是出名了，人人都知道你天天买快递。"

我很费解，发自内心地问："拿快递怎么了？"

这为什么是个羞耻的事？半年以后我才晓得，家乡的人节俭惯了，看着有人花钱如流水，心脏受不了。以前总看到说村里大妈喜欢聚在一起比谁过得好，但我发现在这里她们比的是谁种了多少亩地，谁发现了新的省钱方式。

过节的时候，镇上家家户户门口停着小汽车，但老人们会说："你这个车没我的能装，不太行。"车对他们来说，只是生产工具，没有附加价值。

母亲收到我花五百块给她买的脚蹬三轮车那天，开心得像买了法拉利。她也真打算当敞篷用，往车斗里放了个小竹椅，非要我坐上去，带我试骑。我死活不肯，她强拖硬拽把我拉上了车。

那个傍晚，母亲在金色的阳光下，笑容灿烂得像小孩。快乐是属于她的，留给我的只有如坐针毡，没准第二天镇上人就会说我从上海回来是因为断了腿，或者是我太不孝了，虐待亲妈。

误会，就像我花钱如流水委实也是一个误会。

青山镇还有自己的货币——"青山币"。镇上的人大多不习惯网购，也不会开车去市里买东西，因此没有比价的地方。加上常住人口少，也便意味着购买频次低，所以镇上只有连锁超市的价格是正常的,其他商家为了保证盈利,物价都快比上海高了,尤其是菜市场,几乎是盒马价格,很多食材还买不到。

我刚回来便发现这里可以用买菜 APP,当时整个镇只有一个提货点,现在已经多了很多,最初的这个提货点是在上海工作的年轻人教父母开通的。

买菜 APP 的价格比菜市场便宜很多,我网购明明是为了省钱。

有一次拉着菜回家,看到母亲与一个阿姨在聊天。对方问我买了什么,我热心地安利买菜 APP 有多便宜,菜市场没天理。母亲在一边大惊失色,吼道:"网上买的东西放了多少天都不知道,能吃吗?"

我毫不领情,还挺着身板和她对戗,直到被拽回家才知道,那位阿姨就是菜市场蔬果摊的老板娘。

5

这次失败的安利没有打消我洗刷自己败家污名的念头,但需要另寻机会。

我第一次拉着折叠状态的拖车外出时,阿强叔隔着马路喊:"侬这是啥东西啊?"

我嗓门没他那么大,没说话,直接把拖车打开展示给他看。他惊得穿过马路来细看,然后连连赞叹:这设计真巧妙，不占地方。那当然，毕竟我在上海住的是一眼望到底的公寓。买任何东西前都得先合计合计能放哪。

我又不声不响地把车斗的盖子抽出来盖上，拍了拍让他坐。他说："哎哟，还可以坐。"我说："去地里还可以当吃饭的桌子用。"我用眼角的余光瞟到附近几家店门口的老人都在往这边看，惊叹道："耶！这是个车嘞！""耶！这还能坐的。"

每次从快递点来回的路上，坐在店铺门口的老人总一路盯着我的车。快递他们是晓得的，但这轻便可以折叠的拖车他们没见过。城市里很常见的东西，在小镇成了新奇好物，代表着留守在乡村的老人对世界的好奇。

打消大家对我的误会，还多亏了"E人"阿强叔。

阿强叔是卖农药化肥的，门店收入在小镇上属于不错的。他几乎和谁都能交流几句，也特别愿意接触新鲜东西，还会网购。他很热心，前阵子我买了新冰箱，他跑来看热闹，想知道买的什么冰箱，多少钱，在哪个平台买的。当时送货师傅一个人无法把冰箱搬进厨房，阿强叔便直接上手帮着一起搬了。

阿强叔真是刚回村的我最完美的捧哏人选。

一次，我拉着满满一车快递从他的店对面走过，发现他正看着我，便也直直地回看，示意他："没关系，你可以向我提问"。终于，阿强叔在这样的鼓励下，用那半条街都听得到的嗓门问我买了些啥。

我大声告诉他买了啥，为什么买，多少钱，超市里卖多少钱。"家里洗衣液用光了，这一整箱三十五块钱，我看了嘛，超市打折的时候都没这个便宜。我还买了个新拖把，每天去一楼拿拖把太累了。这个拖把加扫把、簸箕一套才五十块。"

阿强叔令人满意地流露出惊讶的表情，念叨着"这么便宜"，穿过马路来翻看。如此三次之后，阿强叔只要一看到我拉着拖车，便自觉地隔着马路喊："又去拿快递呀。"

"是啊。"

"你倒是不乱买东西的，快递多是因为你什么东西都在网上买。"

我愉快地喊："是啊，网上便宜，省钱！"

6

买菜 APP 的提货点在谷音阿姨家对面。谷音阿姨是开服装店的，自己也会做衣服，是少数我能把名字和脸对上的人。我从小到初中的衣服几乎都在她店里买。怎么说呢，谷音阿姨掌握着全镇人的尺码。

读大学之后，因为很少回镇里，我与镇上的人渐渐没什么交流了。谷音阿姨愣是看我来来去去拿了半年快递，在伟大的阿强叔跨出第一步之后，才终于拦住我，问我买了什么。

那天，我去拿菜路过她的店，她正在门口与人坐着聊天，眼睛却盯着我的车一直目送我走远。在我回程的时候，她果断抛下朋友，跑到马路对面拦住了我。

　　我说这次不是快递，是买的菜，头天下单，第二天中午到。她说："是不是比菜市场便宜呀？"我心虚地瞟了眼蔬果店老板娘的家，说买了一些菜市场买不到的东西，然后一一给她看。她问能不能帮她买，我买什么就给她一模一样买一份。她很肯定地说："你买的，肯定是好的。"

　　这已经不是我第一次听到长辈这么说了。仿佛我是带货主播，只要我说"买它"，村里人就会跟着买。

　　叔叔阿姨经常在路上拦下我，打听我买了啥，央求帮他们也买一份。我先后帮来家里做客的姨买了微波炉，教她怎么用，帮我七舅姥爷和邻居买了承重五十公斤的拖车。有人送了一箩筐板栗和蜜薯，我买了烧烤炉和碳围炉煮茶，邻居发现我买的碳比他在镇上买的便宜，便也在网上买。我买了好多种驱虫药做测试，看哪种效果好，最后做到了家里没虫，还教阿强叔除跳蚤该用什么药。夏日田里蚊虫密集，我给母亲买了驱蚊手环，她也是个天才，把手环的替换芯缝进了帷帽里，胳膊和头脸都护住了。我买了三十五元的雪平锅，起初她骂我这个价格也敢买，半年后她开始拿着锅出去吹嘘。

　　谷音阿姨和我母亲一样，虽然有智能手机，却只会看短视频，不会使用线上支付。我把买好的菜和桶装水送去她家时，她给了我现金，差几毛还在翻找。我嘴上说不用了，却看着自己手上的钱没动。

谷音阿姨看我没走，刚拉上钱包拉链的手又缓缓把拉链拉开，掏出一个硬币，说："给你一块吧。"她大概是想，这孩子去外面工作了十几年，果然不一样，脸皮变厚了，嘴上说着不用给，腿是一步不走，还冲我摊着手。

其实，作为一个曾在杭州工作的互联网人，我几乎是全国第一批线上支付使用者。阿姨给的钱里有一张五块是折起来的，我一时竟无法确定那是五块还是五毛，忽然真切地意识到我们是如此依赖网络和数字化生活。

为了挽回形象，第二天我做了玉菇瓜木莲爽酸奶酪给她端过去。浙江是散装到县的，我在网上刷到，说这是绍兴人的童年美食，才知道它的存在。谷音阿姨也没吃过，说等下次女儿女婿回来，可以做一次露一手给他们看。

我说："你要不要学做咖啡？吓他们一跳，年轻人还不会做，农村阿姨已经会了，多么有扫地僧的感觉，春节你就是全家最新潮的姑婆。"

她瞪大眼睛，说："咖啡不是很贵的吗？我也能做？"

我说："那就是美国豆浆。美国人早起喝一杯的，哪里会很高贵很难做呢。"

谷音阿姨看了看隔壁的早饭铺，说下次女儿再喊青山镇犄角喝不到咖啡，她就告诉女儿："美国豆浆而已，稀奇不死你了。"

7

我做的咖啡至今只给在我家后院租仓库居住的阿樱姐和她的儿子昊昊喝过。我担心他们觉得苦，家里又没方糖，我便放了自己做的桂花蜜。做好的时候他们不在家，喝时已经冷了，我说冷了不好喝，他们却觉得很香。

阿樱姐四十多岁，是镇上为数不多能和我一起聊天的人。昊昊就在镇小学读书，他还有个姐姐，在市里工作。

我小的时候，镇上的初中生源很多，教学质量也不错，出过不少中考状元，搞旅游都宣传这里风水好。而现在，镇初中和下面各村的小学都已经停办，但凡有点能力，父母都尽力把孩子送去市里念书。镇小学也差点关停，是一些家长集体抗议，实在没有钱去市里租房送孩子上学，才保留下来。

有一天，昊昊拿着奖状回来，说在运动会上拿了年级第一。我问他有几个班比赛。他说一个年级就一个班，拿了班级第一，自动晋升年级第一，得一送一。

阿樱姐一家本是为了昊昊读书才租住在我家的仓库。尽管住的是不见阳光的仓库，但她在门口种了很多花，每样都种得很好，且不是农村常种的品种。她爱穿民族风棉麻裙子，普通话分得清平翘舌，这在我们这里很稀奇。最初，我以为她是特地来农村租房子的改造博主，打听之后才知道她曾嫁到城里，因为生不出儿子、不会做饭，被婆婆嫌弃，丈夫出轨，婆婆只帮着自己儿子。阿樱姐不想忍受这样的折辱，带着女儿离了婚。

后来，她嫁给同镇一个男人。男人条件一般，却待她如珍宝，从不让她下地，饭也都是男人做。因为没有生儿子被歧视的阿樱姐很快就和丈夫生了个大胖小子。有了孩子，全家都觉得不能再混日子，种地一年堪堪也就两三万块收入，必须另谋出路。于是夫妻俩厚着脸皮找亲戚借钱，去市里开了一家小馆子，从早餐卖到夜宵，夜以继日地忙，拼了命想早些把借的钱还上，过年好有脸面回家走亲戚。

餐馆开了两年，不知道是遇到了博主宣传还是什么契机，总之丈夫的一手炒饭火了，原本只有工地的工人光顾，突然间多了很多人开车去吃。他们担心这火爆如朝露般短暂，想要抓住机会多挣些钱，于是营业时间一再延长。就这样，他们攒到了人生的第一个一百万。

那年国庆，工地和上班族都放假，他们便关了店，回到镇上给男人的父亲做寿宴。我正好也放假回家，听到噼里啪啦的鞭炮声，还扯了被子捂耳朵，在心里骂骂咧咧。

夫妻俩在镇上的饭馆设宴，请了所有亲戚，要挨个还钱，让父亲和自己都扬眉吐气一下。大家对老人说："您真有福气，儿子这么有本事，儿媳也一条心，你们的好日子要起来了，明年去市里买个房子，以后把昊昊接去市里读书，将来考浙大。"

人很多，话却都是这么几句。

男人喝了很多酒，吃完饭到镇上亲戚家打牌，两个小时后，可能是因为连续赢牌太高兴，忽然倒地猝死。消息传到他父亲那里，刚过完大寿的老人接受不了，中风了。

后来，阿樱姐便留在仓库照顾儿子上学，婆婆回到老房子照顾公公。那个中午的美好愿景成了泡影。

当时我不知道这些，有一天看到昊昊红领巾没顾上摘就洗手炒菜，还调侃他："怎么是你在做饭。"

在备菜的阿樱姐骄傲地说："我男人从不让我做饭。"

已经能颠勺的昊昊听闻，转头看着阿樱姐说："妈妈，我也是男人，我会照顾好你的。"

可他不过是个可以从过年玩摔炮玩到暑假的孩子。

8

在给母亲买三轮车前，她是坐公交去地里的。我给她买了一个承重五十公斤、可折叠带绑绳的拖车，去的时候收起来带上公交车不占地方，回来的时候通常车上没什么人。农村的司机都是农民的儿女，不挤的情况下不会计较农民用公交车运菜运水果。在去市里的公交车上，我甚至见过整车人买空了卖水果老人带的一筐桃子。老人的水果在路边卖不出去，不得不去市里，大家各自买一些，老人就少了很多搬运的负担。

挖笋的时节，母亲拉着拖车健步如飞，里面装着半人高的麻袋。邻居见之大惊，纷纷夸她好本事，好大力气。母亲笑嘻嘻的，说这个车一点力气都不费。邻居们也都试了试，但大多数人家都有电动三轮或者大电驴，这车虽好，却也并非不可或缺，只除了一个秀云奶奶。

秀云奶奶是母亲的散步搭子。出于这样的情谊，每年我回家，她都要来看看，只为一件事——劝我结婚。

因此，母亲喊我下楼，说秀云奶奶来了时，我立马板起脸做好一级战斗准备。她局促地站在门口，看到我下楼，有些不好意思地问我，能不能帮她买个拖车。我笑得很灿烂，当场下单。车到了之后，我拿来组装好才送去给她。

打这以后，秀云奶奶再也没有来催婚，我也终于不用看到她就黑脸绕道了，而是笑着叫奶奶好。有一次听到她和母亲说："你女儿脾气变好了嘛，挺有礼貌的啊。"

暑假来了，小卖部老板娘抱怨镇上新修了一条路，去旁边村玩水的人都走那条路，不再走主街，让她的店少了很多生意。她想把饮料搬去新开通的路边卖，但店里又没人看顾。我听了便和她介绍起自动贩卖机，她很有兴趣，我就在那里无实物表演给她讲解整个购买流程，说完才发现路对面殡葬店一家也在伸长了脖子听，还互相嘀咕，"哦，这个东西自己会算要收多少钱""哦，上面有摄像头的，还不止能卖饮料""哦，不是有人坐在监控室里看摄像头算钱，是电脑自己会算的啊，哎呀，现在的东西啊，真是厉害"。

夏天顶楼太热，我把雪平锅、三明治机之类的搬去楼下的厨房。母亲看到我三十五块钱买的锅还没烧穿，很是诧异。她这辈子都在青山镇花"青山币"，杂牌涂层锅卖两百块，从没见过这么便宜的，觉得我肯定是受骗了。

做煎蛋的时候，我拒绝她用铁锅烧，因为做出来会很油。我用雪平锅做了无油煎蛋，她嘴上说着"网上还能有好货"，眼睛却一直瞅着。

有一次我赶时间出门，就用三明治机煎蛋，转头去刷牙洗脸。她追上来："锅开着你人就走了，房子早晚要被你烧了。"我和她解释这是定时加热的，很安全。后来又做了三明治，她不肯吃，却偷偷拍了视频。

又一次，我想做全麦牛肉烤包子。烤箱买来之后她一次没用过，以会做饭为傲的厨房女王为了表示对便利厨具的不屑，不吃我用烤箱做的任何东西，哪怕是按她口味做的。这次也一样，做之前她就说烤包子吃了会拉肚子之类的，绝对不会吃。

那次的烤包子，我异想天开尝试用了微波炉，结果烤成了"板砖"，梆硬，能敲鼓那种。于是我没有收进冰箱，打算晚点试试能不能蒸软，放在桌上便上了楼。结果过了几十分钟，就收到她的语音追杀，问我是不是想谋杀她，做这么硬的东西出来，她所剩不多的牙又松了一颗。

原来这敲的是登闻鼓。我可真冤。

9

诸如此般，小老太太倔强地贬低着我买的和我做的一切，可转头又和别人绘声绘色地讲我每天在做什么。

某天，我碰到她和一个阿姨抱怨我天天喝咖啡。阿姨说她的女儿也一样："咖啡这种东西哪能天天喝啊，怎么说都不听。"

听起来是抱怨，其实是在攀比。

这很好地解释了为什么我出门会碰到她的老姐妹问我那么便宜的锅哪里买的，三明治是什么。甚至我出门看个雪糕批发的热闹，也会被旁边的人抓住问哪个口味好吃。我说哪个好，他们就会说："她说这个好吃。买它。"

我不知道母亲背着我怎么跟别人吹嘘的，但从我去得最频繁的小卖部老板娘那里能感觉到，她们把我当成了神奇的哆啦 A 梦，好像不管提出什么需求，我都会说："买这个，能解决。"

我想起谷音阿姨的话："你买什么就给我买什么，你买的肯定是好的。"她每天看着一些人去对面的提货点拿菜，早就想尝试这种新鲜的方式。其实无所谓吃什么，她只是想接触当下的中国。

过年的时候，姨娘来吃饭。以往我只能打打下手，这回我第一次参与做菜。我按网上一台烤箱做六个年夜饭的教程做了很多菜，年轻一辈夸赞并不让我觉得新鲜，姨娘挨个夸过之后又反复说："这种菜我们是做不出来的。唉，现在的孩子是不要吃我们做的菜了。"言语间是浓浓的无能为力。

姨娘和我母亲作为家庭主妇，做菜是非常拿手的，可这个拿手限定在一成不变的菜式上。渐渐地，子女们回来得少了，甚至偶尔抱怨"怎么又吃这个"。子女愿意经常回来吃饭，是她们这些母亲的骄傲。而从被依赖到被视作老套，是一个慢慢啃噬人的自我认同的过程。

在大山里，她们是被年轻人抛下继而被时代抛下的人。

成为村里的种草大王半年后，我才后知后觉地意识到，大家对我盲目信任，并不单纯因为我是从上海回来的，我的收入还可以，而是因为我是他们不能理解的互联网行业的人，我是年轻人的代表，知道一些他们未知的东西，我告诉他们的不是我喜欢吃什么，而是年轻人喜欢吃什么。

他们想要孙子孙女暑假来的时候，拿出的是能让他们惊喜的雪糕。他们想要儿子女儿过节回来的时候，端出的是让他们惊喜的菜。他们想要和孩子们聊天的时候，能自信地说："这个东西啊，我也知道的。"他们知道百元旅游团是不规范的购物团，可正规旅行社也不会到这里宣传，他们想和子女说："旅游嘛，我也去过的，我也看过海。"

@ 冯过来

曾经的特殊教育老师。

"我想把遇到过的小孩都写下来，他们应该被
看见。"

星星之旅

1

我的学生很特别，他们有的喜欢看一整天车轮，有的从来不在家以外的地方进餐，有的爱发出尖锐的声音，有的擅长转圈圈而不会感到晕眩。他们有着清澈明亮的眼睛。他们是一群孤独症儿童。

从应用心理学专业毕业那年，我进入挣扎又迷茫的择业期。面试完一家正在筹建的孤独症康复机构后，老板表示非常希望我这样的专业人才加入。我接受了这份工作，成为一名特殊教育老师。我、小黄、小林是这家机构的第一批老师，先后在妇幼保健院心理科完成了为期两个月的跟岗实习。我和小林主攻一对一语言康复训练，小黄则主攻小班制集体康复教学。

其实，我的理想职业并不是老师，而是配音演员，也叫"声优"。我去过上海参加声优招募，也到北京学过半个月影视动画配音，但当爱好和生存产生冲突时，理智让我选择了后者。我决定先给自己一年时间，好好工作、努力攒钱，等攒够钱，就去追逐梦想，奔赴想要的未来。

经过忙碌的筹备，二〇一八年十月二十二日，康复机构正式开业。当天，教室里迎来了三个学生，分别是三岁的 B 仔、两岁多的睿睿和五岁的斌斌。

三岁的 B 仔浑身是肉，长得非常壮实，是名重量级选手，拳头充满力量。B 仔的情绪问题非常严重，他不会说话，每天哭闹不止，两只拳头在身侧不停挥舞。没人知道他到底为什么发脾气，想哄也力不从心，因为只有小黄——全场唯一的男老师抱得动他。我也被 B 仔误伤过几回，好在我不用给他上语言课，接触少一些。

睿睿是我真正意义上的第一个学生，刚认识时，他还不太会说话。第一次见到他是在感觉统合训练室，他穿着红色的短衣短裤，显得整个人又黑又小。

孤独症儿童最大的特点，就是对物的兴趣大于对人的兴趣。他们总是对单一、重复的行为感兴趣，比如睿睿，他就喜欢拖着红色滑板车在偌大的感觉统合训练室中来回奔跑，滚动的轮子、碰撞的声响，都是他的快乐之源。我尝试用大龙球转移他的注意，很快他的目光就被滚动的大龙球吸引，抛下滑板车和我玩起了球。睿睿玩得很开心，笑得合不拢嘴，口水流了一地。他妈妈拿着纸巾跟在身后，他走到哪里，她擦到哪里。

睿睿口腔反应迟钝、唇肌无力，所以总是流口水，到两岁还只会模仿少量单音。妈妈给他报了单独的语言训练课，第一次上课他很不配合，连滚带爬逃到教室角落，但即便如此也逃不出我的手掌心，我硬是蹲在地上给他完成了一次口肌按摩。

除了不会说话，睿睿还不会自己大小便。

我，一个刚毕业、二十二岁的小姑娘，哪里知道该怎么教男孩子尿尿。有时小黄忙不过来，我也只好硬着头皮带睿睿去厕所，教他脱裤子、提裤子，抓着他的手去扶自己的小鸡鸡。

刚开始，睿睿总尿裤子，有尿意时不会主动表示，也分不清大小便。随着早期干预的持续，睿睿进步很大，逐渐能够独立上厕所，会通过肢体动作表达自己的需求。慢慢地，他也从模仿一个音、两个音，到可以说一个词、两个词了。一天，他突然非常清晰地对妈妈说："不要玩手机！"他妈妈惊喜万分，对未来有了更多期待。偶尔妈妈忘记准备下午茶，睿睿还会说："妈妈没带下午茶，我要吃下午茶！"

还有一天，睿睿吃苹果，吃了一半拿给我："苹果坏了，有虫，害怕。"看他一副很认真的害怕的表情，我就允许他丢了。隔天他又吃一半说苹果坏了，我检查了一下说，没有坏，继续吃。他就泪眼汪汪、委屈巴巴地吃起来。

从自己拖小车绕圈跑、踩光影，到和同学老师一起做游戏，睿睿越来越像一个快乐的普通小孩。

斌斌是睿睿来到这里后交的第一个好朋友。与睿睿不同，五岁的斌斌会说很多很多话，但大部分都是无意义的重复或单纯的鹦鹉学舌。他每天都会问同样的问题，比如"天气怎么样"，然后自问自答"出太阳了"，但实际上窗外可能乌云密布。后来他换了一个问题："牛怎么叫？"于是，好长一段时间，我每天都能听到斌斌学牛叫。

斌斌是家里唯一的孩子，父母算是老来得子，无奈斌斌很早就确诊了孤独症。父母想送他去医院做康复，一直排不上号，这才来了我们机构。他爸爸盼着斌斌以后能像普通小孩一样上小学，然而半年后睿睿从机构毕业、尝试去幼儿园融合时，斌斌还在这里。

睿睿离开后，斌斌问："睿睿去哪了？"之后自问自答："睿睿去医院啦。"我说睿睿去其他地方上学啦，斌斌置若罔闻："噢，睿睿去打针了。"第二天，斌斌又问："睿睿去哪了？"我还没开口，他继续回答："睿睿去上学啦。"

我不知道斌斌懂不懂什么是离别，但我猜，他可能想睿睿了。斌斌的语言很少用于沟通，他更像个可爱的人形复读机，复刻着周遭的生活、他所感知的一切，但透过话语，似乎也能窥探到一点点他的内心世界。

有一天，斌斌突然对我喊"阿姨"。我这么青春洋溢、貌美如花，怎么能是阿姨呢！我纠正他："我不是阿姨，我是老师！"过了一段时间，我们正在点名上课，他突然看着我说："我不是阿姨，我是老师。"

真是刻板又可爱。

2

机构开业第二个月，在训学生已超过十人，达到了按孩子能力分班的条件，由于小林和新招的集体课老师仍在医院跟岗学习，带新班集的工作便暂时落在我头上。

新班级由斌斌、睿睿、浩楠和婷婷组成，他们都具备一定的生活自理和语言表达能力，相比什么都不懂、需要全辅助和照顾的小班，已经好太多了。但工作中还是充斥着孩子的哭声、上课的压力，以及日常的琐碎，似乎一点小事就能把人的情绪无限放大。

第一天带班的中午，我不小心打翻了盛好的饭菜。保育阿姨还在小班里帮忙喂饭，我只好一个人收拾。结果一个没注意，睿睿就把饭倒进了洗手池。我这边地板还没收拾完，另一边又出了新状况。那一刻我觉得心好累，委屈得想哭，不过十秒后我就擦掉了眼泪继续收拾，告诉自己要坚强。

下午茶时间，我和班里四个小朋友围坐在桌前喝牛奶。主任进来视察工作，看着孩子们说："你们四个在一起也挺好的嘛！"

六岁的浩楠抢答："不对，是五个！"

我很快反应过来："对，是我们五个。"

浩楠的话语令我有一丝丝触动，在这个小小的班级中，我们仿佛成了一家人，这一刻我觉得自己不像老师，更像是带着弟弟妹妹的大姐姐。

婷婷四岁，她个子很高，腿很长，是这个班中唯一的女孩，也是所有孩子中家庭最特殊的一个。

在婷婷很小的时候，妈妈就确诊了精神分裂症，她由姨父姨母抚养长大。幸运的是，姨父姨母待她很好。她被幼儿园劝退，姨父姨母就积极寻找机构让她接受康复治疗。我经常看见姨母送婷婷来上学时，会蹲下身同她说话，嘱咐她好好听老师的话。姨父会接她放学，牵着她的手离开，圆圆胖胖的脸上总是挂着微笑，眼里有怜爱，也有无奈。

我没有听说过婷婷的爸爸，这也许是她生命中缺失的一部分。

不知道是不是受母亲影响，婷婷情绪很不稳定，经常突然在教室里奔跑、大叫，喊着让人听不懂的话，她还会躺在地上翻滚或爬上窗台，甚至扯着嗓子嘶吼："放开我！放我出去！放我出去！"

在婷婷情绪崩溃的时候，大人的拥抱就像一棵救命稻草。每当这时她会紧紧搂住我，仿佛要嵌入我怀里，用尽力气去争取一些缺失的安全感。我唯有同样紧紧地抱着她，希望她能感受到我的回应。

主任就婷婷的情况向医院做了咨询。鉴于婷婷还不满六岁，暂时不能做精神方面的诊断，医生建议，先根据自闭症评估结果进行康复训练。

婷婷的成长过程令人唏嘘，除了她自己，恐怕没有人知道，在她来到世界之初、最弱小无助的时候，经历过怎样的阴影。

我不喜欢小孩，也不讨厌，只是作为大人，我希望他们来到这世上都能被温柔相待。

3

二〇一九年初，机构招收的自闭症学生越来越多。小学放寒假后，以多动症儿童为主的冬令营也如期开展。

我在学校学过多动症的相关知识：注意力缺陷多动障碍（ADHD）是一种以注意力无法持久集中、过度活跃和情绪易冲动为主症的神经发育障碍，患儿由于存在注意或冲动缺陷，常常不能很好地控制自己的行为，因此往往无法得到家长、老师的理解和接纳。

学习理论知识时，我对这些生了病、不被接纳的孩子深感同情，但在真正接触后，我有时甚至有种想要动手的冲动。这期冬令营中有个正在读四年级的胖胖的男孩，大概只比身高一米六的我矮半个头。他不仅有多动症，还伴随着比较严重的情绪障碍，存在伤人或自伤行为，日常需靠药物控制。他发起脾气，绝对是天崩地裂，男老师都挡不住。

冬令营期间，他一天之内摔坏新老师两副眼镜，连我教室的门禁也被他破坏了。他妈妈不断赔礼道歉，但始终没有对他说过重话。听主任说，他是从孤儿院收养的，爸爸妈妈是他的养父母。由于存在严重的行为问题，学校收到不少有关他的投诉，然而并没有什么妥善的解决方法，只有依靠医疗手段和行为训练，期望他能有所改善。

有一回，他又在课上发脾气，我和小林赶紧在他爆发前将他带到空无一人的教室进行情绪隔离。进入教室后，他随手抄起一旁的木椅子，作势要砸向我俩。一瞬间，我愤怒到极致，凭着一股蛮力冲上去夺过椅子，三两下将他按倒在地，用身体全部力量压住他，然后腾出一只手用力抵住他的下巴防止他咬人。小林在一旁帮忙，场面一度十分狼狈。

整个过程可能只有几秒钟，但我感受到自己的胸腔剧烈的起伏，愤怒又害怕。我不知道如果他真的把椅子砸过来会造成怎样的后果，本能使我选择保护自己。我想，在成为老师之前，我首先是一个人。

我没有忘记老师的职责。几次深呼吸后，我尝试对他说："我知道你现在很愤怒，我也是，因为你要拿椅子砸我，这让我不能接受。我们都先冷静一下，我数二十个数，如果你能做到不再破坏公物、不攻击他人、不伤害自己，我就放开你，可以吗？"

男孩艰难点头："可以。"

我开始数数，努力放缓呼吸节奏，让我们都归于平静。数到二十之后，我再次问他："你可以冷静了吗？你现在能保证做到不攻击、不破坏了吗？"

男孩回答："可以，我能做到。"

"好，我相信你能够控制好自己的行为，如果你愿意，可以告诉我们刚刚在课上发生了什么，令你这么生气。"

等到他说"好"，我才慢慢松开他。他终于恢复冷静，能够跟我们好好对话了。

冬令营结束后，我对多动症的孩子多少有些心理障碍，但由于工作原因又不能不接触，以致很长时间都处于自我怀疑的状态，异常痛苦。有时，我甚至害怕看见学生充满期待的眼神，害怕他们会失望：为什么初次见面相处友好的老师，后来跟变了个人似的。

春节后，新学期开始了，我随主任进入小学做个体沙盘测试。被确诊为混合型多动症的小朋友 A 读四年级，他告诉我，他去过医院以后就变乖了。我问他："你喜欢变乖的自己吗？"

A 给了肯定的回答，说妈妈会奖励他零花钱，可以买喜欢的游戏手牌，而且变乖之后，父母、老师、同学都会喜欢他。

他从裤兜掏出用零花钱买的游戏手牌向我展示，我心中五味陈杂。他能感受到自己不受欢迎，所以他愿意变乖，这样别人就会喜欢他。

另一个小孩，也是班里的问题学生，我向班主任了解情况后得知，孩子父母关系一直不好，正在闹离婚，其中一方经常拿孩子当挡箭牌，不同意离。夫妻双方在破裂的婚姻中撕扯，在孩子看来，自己只是他们的工具。小男孩告诉我，他希望父母分开，这样对他也是一种解脱。

主任说，这些在生活里总是碰壁的孩子，真的非常需要被接纳的安全感。

心理咨询常常强调无条件接纳，道理都懂，但学是一回事，做起来又是另外一回事。我们也不是要当什么伟大的人，只是恰好遇到这些孩子，恰好掌握一些专业知识，能做到一点是一点。

4

过了个春节，自闭症班人数骤减，不断有老生离开，新生又寥寥无几。康复机构效益不好，直到三月底，我们在世界自闭症日与市残联、妇幼保健院等单位联合举办了一场"我是小老板"跳蚤市场活动，生源才渐渐多起来。

新来的阿杰小朋友话多到令人头疼，而且总能用非常笃定的语气说错各种事物名称。看见老虎，他说："猫咪啊，这是猫咪啊。"看见柠檬和雪梨，他说："苹果啊，这是苹果啊。"他特别喜欢在句末加上语气词"啊"，十足一个啰唆的小大人。

"俄罗斯套娃"小牛呢，来了一个月也记不住我是谁。和他玩游戏，我问好玩吗，他说好玩。我问喜欢吗，他说喜欢。我问，那我是谁？小牛答，其他老师！

真是伤心。

猪猪两岁，刚确诊自闭症就被父母送来进行干预，巧合的是，猪猪妈妈正好在我去做沙盘个案测试那所小学担任班主任。不知道是不是身为老师的缘故，猪猪妈妈对孩子的各种问题都表现得相当淡定，猪猪的其他家人也是如此。哪怕猪猪被诊断为孤独症，他的爸爸妈妈、爷爷奶奶也一如既往地疼爱他。

猪猪长得十分可爱，脑袋圆圆，脸蛋圆圆，一双圆眼忽闪忽闪，就是不会说话。我给他上了大半年的课，天天做口唇练习和发音练习，可他永远只模仿那几个音节，令我一度怀疑自己是不是在做无用功。

很久之后的某一天，小林发来一段猪猪的视频，告诉我他会说话了。视频中，猪猪在仿说我之前没听过的音节和词汇。那时我已离职，但还是为他的进步感到高兴，当初日复一日的练习并不是无用的。

在充满爱的家庭支持和长期训练下，猪猪的干预有效且显著。但阿轩就没那么幸运了。阿轩差不多和猪猪同期入训，也是两岁。第一次见面时，他被爸爸妈妈抱在怀里，如婴儿般懵懂。他长得像个瓷娃娃，白白净净，大眼睛水灵灵的，惹人怜爱。

孩子被确诊孤独症，父母可能会经历难以置信、焦虑、怀疑，甚至绝望的心理过程，有的甚至不敢面对，白白错失孩子的最佳干预时期。这对家庭来说，是一场需要共同承担的考验，我相信每一对踏入专业机构寻求帮助的父母都鼓足了勇气，但能否坚持下来却是未知。

阿轩刚来的时候看起来干净整洁，但几个月之后，我们发现他变"脏了"：头发乱了没有打理；指甲长了没有剪，指甲缝黑黑的；提醒交学费时，也是妈妈推给爸爸，爸爸推给妈妈。

他的家庭出现了危机，一夕之间，阿轩仿佛成了没人爱的孩子。外婆来接他放学，提起他爸妈就开始抹眼泪。我感到一阵心酸，但作为老师，对于家庭的困境实在爱莫能助。后来听说他爸爸妈妈和好了，那时阿轩已经离开这里去了其他康复机构，不知道他过得怎样，有没有长大一点点，进步一点点。

5

一转眼，我在康复机构工作了一年。老板一直说经济效益不好，我们老师的工资加课时费普遍不满四千，连扣税的资格都没有。

前一任主任早已离职，去了更广阔的天地，追求热爱的心理事业。另一位集体课老师也离职了。我、小林、小黄还在坚守。后来，小林成了我们的训练长，她比我小两岁，我们不仅是上下级同事，也是关系很好的朋友。

二〇一九年，我不断遭遇情绪低谷，反复告诉自己等一等，再等一等，等到明年春天我就离开这个地方，追寻梦寐以求的目标。我始终没有放弃自我调整，和朋友跳舞、去琴行学声乐、去健身房运动、控制饮食努力减脂，终于一点点找回了对生活的掌控感。改变从来不是一朝一夕，而是点滴成河，润物无声。

二十四岁生日之前，我去海边拍了一组写真送给自己。倘若未来再遇到困难时刻，希望照片里笑容灿烂的女孩能给自己一点力量。

年底，我们终于领到第一笔奖金。我和小林躲进厕所数钱，挤在小小的隔间里笑得合不拢嘴。小林花枝乱颤："冯老师，我会记住你现在这副嘴脸的。"我嘴角咧到耳根："彼此彼此。"

第二天，我将准备好的辞职信放在了老板的办公桌上。

离职前一天，我去残联心灵驿站值班，主要工作是打电话回访及记录。下班前一小时，我拨出了当天最后一个电话，没想到这通电话用了两个小时的时间。

回访对象是位十四岁的女孩，智力残障，接电话的是她妈妈。我照例进行问候，说明打电话的缘由。妈妈很意外，表示很感动，也十分感激当年心灵驿站的帮助，如果有机会，她希望丈夫能与她一同前来。

出于职业敏感，我捕捉到她与丈夫之间可能存在一些问题："听起来，你认为你的丈夫更需要帮助？"

"是的，我认为他比我更需要。"

接下来，妈妈诉说了这些年和女儿相处的不易，从最开始面对女儿容易脾气暴躁、焦虑抑郁，到后来慢慢转变，能够耐心、平静地引导她，接纳她的缺陷。后来有了儿子，带女儿的任务就移交给了爸爸。而现在，爸爸就像当初的她，陷入了情绪怪圈，夫妻矛盾令家庭氛围变得紧张。

这通电话似乎成了一场轻心理咨询，我尝试进入并理解对方的世界，试图在繁杂的信息中找出解开乱麻的钥匙。

"我看见妈妈在和女儿的相处中，一点点学会接纳，学会包容，这个过程很漫长，但你做到了。现在你看见爸爸也陷入同样的问题，感到焦虑，希望他能尽快成长，做出改变。但是我们知道，改变不是一朝一夕的，它需要时间，需要过程。相信你已经学会了对女儿耐心，那爸爸是不是也需要我们的一些耐心，给他时间成长，学会包容和接纳？"

妈妈沉默了一会儿，说："我觉得是的。"

我问她，以前爸爸有对她说过"你辛苦了"吗？

她说有。我进而询问她听到后的感受，她说："会有一些感动。"

"嗯。"我在电话这边点头，"或许也可以试着和爸爸说'辛苦了'，让爸爸感受到，我们有看见他的付出。一句话可能无法让爸爸立刻做出改变，但会成为种子，点点滴滴汇聚成他成长和改变的力量。"

挂断电话后，我花了一个小时整理记录，归纳档案。窗外灯火通明，车流不息。

时针指向七点，我关掉办公室最后一盏灯。"冯老师"终于下班了，春节假期也快到了。

6

人生真的很有趣，当你以为一切都在好转，朝着期望的方向徐徐推进时，事态却突然急转直下，打破了所有计划。

二〇二〇年，就在我辞职当月，疫情暴发。我没能如愿在本命年的春天踏上追梦的旅程，还有很多人没能等到他们的春天。

失去收入来源的我在三月底找了份绘本馆的工作，干了一个月便任性辞职了，理由是我想按照自己的节奏生活。我写起了小说，躲进梦的世界里逃离现实。

我等了很久，终于等到上海招募声优的机会，可惜落选了。后来我参加声优大赛，虽然通过了网络海选，父母亲戚每天帮我转发投票，但依然没能闯进前五十，无缘后面的比赛。面对接连两次失败，我不得不重新考虑人生方向。更要紧的是，存款花光了，我需要重新找工作，获取一份稳定的收入维持生活。

　　要拥有资本，才有实现自由的可能。

　　八月底，我入职了一家早教机构，在那里遇到许久不见的猪猪。他已经不记得我是谁，我也不确定他妈妈有没有认出我，但我很想念那群可爱的孤独症孩子。

　　培训期间，我联想起好多孤独症语言训练的评估和干预要点。在教室做材料时，我遇到一个小宝宝，她依次拿起纸、笔和其他工具观察，我下意识地用简短的词语配合她对这些东西进行命名：卡纸、彩笔、订书机。

　　她拿起小纸片对我晃，期待我继续说出它的名称。我没忍住问了下坐在一旁的奶奶："小朋友多大了？"奶奶回答："一岁八个月。"

　　我自然而然地在心里琢磨：噢，开始形成事物基本概念，能够理解事物基本状态了，再过一段时间，就能掌握许多词汇。

　　每当听到家长用较长的语句解释"这是什么东西"时，我甚至想打断对方，告诉他们，用简短的语言可以帮助小朋友更好地理解。

咳，是职业病。

我忽然意识到，原来特殊教育这份工作在我身上留下了如此深的烙印，经历过的一切都不会被现在抛弃。

两个月后我再次辞职，回到早前的孤独症康复机构，继续做特殊教育老师。我的心态改变了很多，不再惧怕重复、担心所做的事毫无意义；不再惧怕孩子哭闹，学习处理情绪也是成长的一部分。

我认识了许多新的小朋友：洋哥、阿濠、小肥仔、阿熙熙……一个月后，我终于能够准确辨认班上的双胞胎兄弟大大和小小了，果然人如其名，大大的脸上肉多一点，小小的脸则尖一点。猪猪还在这里受训，他重新记住了我，每次我问："猪猪可不可爱？"他都会回答："冯老师可爱。"我想乘胜追击："谁最可爱？"他话头一转："我最可爱。"

不是所有孤独症小孩都不爱（会）说话，阿濠和小肥仔就是典型的"话痨"。某天我带阿濠上课，忽然闻到一股臭味。

"你放屁了？"

阿濠挑了挑眉毛："嗯。"

"你放屁就放屁，嘚瑟啥？"

阿濠："冯老师放屁。"

好家伙，居然还会甩锅。

下午带班时，我问班上的小朋友："你们知道我是谁吗？"

阿濠抢答："李老师！"李老师是他们的班主任。

我看了他一眼："嗯？"

阿濠立马改口："冯李老师！"

保育阿姨没忍住笑出了声。

阿濠和小肥仔是好朋友，后来阿濠去上幼儿园，小肥仔总惦记他："阿濠去哪了呢？"阿濠不在的日子，小肥仔显得有些寂寞。小肥仔人小脾气大，但是来得快也去得快。通常下课后我常到班级教室溜达，有一次快到午饭时间了，别的小朋友都搬椅子坐好，唯独他还站在原地哭闹。

问清缘由后我走过去问："你还要哭多久呀？我给你数数好不好？"

小肥仔边哭边嚷："不好不好，不要数数！"

我不理他，语气平静："先给你数五十个数吧，不够再接着数。1、2、3、4、5……"

他开始朝我喷鼻子，要是以前，我可能会很生气，但这次我只是问他："你是不是要擦鼻涕？"

我没有停止数数，边数边拿纸巾给他擦鼻子。刚好数到五十，鼻子也擦完了，我把手里的纸巾递给他，让他自己去丢垃圾。回来后我问他："你还要继续哭吗？"

小肥仔摇头："不哭了。"

"那你现在自己去搬椅子吧，我们要吃饭了。"

他平静下来后立刻照做，和刚刚判若两人。

后来，小肥仔也去上幼儿园了，班里少了他们两个，比以往安静了许多。

7

二〇二一年，我逐渐习惯了两点一线的生活，每晚赶在七点前到家，十一点半睡觉。很少参加社交活动，很少结交新朋友。日子过得平平淡淡，波澜不惊。父母催我谈恋爱结婚，但我觉得还没有找到自己，不想先装进别人的角色里。

我思考着特殊教育的意义，这项工作是为了让少数人融入多数人，让特殊孩子回归主流社会吗？应该不止这一点，更重要的是，努力为特殊群体创造适合他们的社会环境，世界是多元的，包容并蓄。于是，思考又回到了"接纳"这个终极命题。

我没有忘记配音的梦想，也渴望在日复一日的生活中做些什么，积攒改变的力量实现将来质的转变。二〇二二年初再遇疫情，康复机构所在区域被封闭管理。我放了两个星期春假，在家重拾阅读的爱好，书籍总有抚慰人心的力量。复工后，我养成了在公车上看书的习惯。

三月，我被派去广州参加省残联培训，难得地有了一次与同行交流的机会。与我同住的室友来自阳江市的一家公立特殊教育机构，主要做听障儿童言语治疗。培训结束的晚上，我们聊到深夜，或许只有面对萍水相逢的陌生人，才能说出平时无法开口的话。

第一天见面时她问我多大，我说我九六年的，今年二十六岁。

"很少见到未婚就做这一行的。"她说。

得知我毕业就从事特殊教育，她又问："打算一直做下去吗？有没有想过跑路？"

"我跑过，辞职了九个月，中途做了两个月早教，后来很想念孤独症小孩，于是又回来了。"

"一般从事这个行业的人都很有爱心，很善良，不然不会做这个。"

听见她这么讲，我心里想的却是：工作而已。

我没有接话，反问她为什么会进入这个行业。她的回答总结起来八个字——误打误撞，机缘巧合。我不记得她本科专业是金融还是管理，总之和特殊教育毫无关系。

同行之间不可避免地谈论起薪资，她问我民办机构会不会高一些。我说，四五千，按底薪加课时计算，上的课越多工资越高，如果在工作时间外加课，课时费就会翻倍。"有时我的同事能拿到六七千，不过是连上半个月班休息一天换来的。"

"那不就是加班。"她一语道破。她说，在阳江三四千是常态，物价也不低，日子不知道该怎么过。

我想起自己工作第一年，底薪扣除社保后三千块都不到，一年下来平均月薪不足四千。她说起身边的一些同学，几次跳槽后步步高升，已经月薪两万。她笑着叹气："这就是命吗？"

那一刻，我心底有些难过。犹如平静的海面掀起一阵巨浪，我重新陷入无尽的幻想和迷茫，身体和灵魂像两条平行线，走在各自的路上，无法融合。曾经我也想凭借自己的专业和能力，得到一张通往梦想生活的门票。我走了很久，终点却越来越远，路也越来越漫长，种下的那些梦想种子，一颗也没有发芽。

我已经很久没有和别人谈起配音这个爱好，当我向阳江室友倾诉那些未来憧憬时，她突然打断我："你知道吗？你在讲配音的时候，眼睛都在发光。"

我愣了一下，笑着说："但现在我没有很执着了。我可能更想要自由。"

梦想是我的救赎，也是我的束缚。它和情绪一样都是我难以控制的能量，我很艰难地才学会平视它们，不过分信仰，也不过分贬低。我忽然回忆起一件很小的事，那是潜意识里尘封已久的童年碎片。

小时候我很喜欢看报纸，大概五六年级，我曾在报纸缝中看到这样一条信息：儿童福利中心招募志愿者陪伴孤独症儿童，要求心理学专业学生。我当时想：哇，听起来好厉害啊，长大以后我也要做这些事。不过一转眼，它就淹没在层出不穷的想法里了。

初中时，我更清晰地对心理学产生兴趣，立志将来要读这个专业，大学毕业后正式成为孤独症康复训练师。久远的回忆突然浮现，意外地与现实重合。

当时年少的我只是无意间在心里埋下了一颗种子。当然，我埋下的种子千千万万，可能直到很久以后的某一天，某颗种子发芽了，我才恍然大悟。那么从过去到现在，我做的每一件事、埋下的每一颗种子，它们还有机会发芽吗？我还能等到它们破土而出吗？我不知道，好像只能等待。

为了避免陷入悲观，我提醒自己：我正在积累改变的资本，正在一步步往前走，我做的一切并不是无用功，种子一定会在未来某天发芽。

8

每天给奇奇怪怪的小孩上课，发奇奇怪怪的火，让我感叹重回特殊教育行业简直是对心性的磨炼。

我给伊伊上课，让她点数小珠子的数量，她数到 3，声音就越来越小，甚至不出声了，手指也不指着。我很生气，批评她不认真。口手一致点数一直是伊伊的弱项，她连数到 5 都很困难。伊伊低着脑袋，在我的呵斥下艰难完成练习，这让我非常愧疚。我走到旁边灌下了整整一瓶水，试图冷静下来，但气氛依然凝滞，伊伊面对我的教学也压力巨大。

小杨注意力很不集中，给他上课我经常上着上着脾气就来了。给 1 ~ 10 的数字排序，他不是不会数，也不是不认识，但找到 1 就不记得下一个是 2，5 找着找着就变成 7，注意力不集中加上记忆力差，让人很窝火。

语言组织练习，我请森森看图描述图中的人物在哪里、正在做什么。森森一言不发，不是玩手指，就是眼睛乱瞟。但我描述一遍后，他都能选对。我指着图片问："这是哪里？"

森森一一回答："姐姐在阳台浇花。""阿姨在图书馆看书。""小朋友在幼儿园玩游戏。"

我和他之间仿佛存在时差，我已经跳到下一步，他还停留在上一个环节。我感到很挫败，又是一场无效教学。晚上整理训练反馈时我检查了一遍森森之前的训练视频。我们在做情景关联练习，图一是汽车撞到杆子，图二是叔叔表情很生气。我问他："这两张图发生了什么？有什么关联？"

森森："汽车撞到了。"

"然后呢？那叔叔怎么了？"

"叔叔没车坐了。"

视频里的我笑了。"因为汽车撞到杆子，所以叔叔很生气。"随后我又补充说，"因为汽车撞到杆子，叔叔没车坐了，所以他很生气。"

这个练习我们是第二次做，上周他一言不发，眼神飘忽，这周表达得流利了很多，其实是有进步的。我们之间存在的"时差"，或许就是孤独症儿童的特点。我的思维流畅、转换快，而森森的思维像卡顿的电脑，噼里啪啦输入一段文字，需要好几秒才逐一显现。

我提醒自己，还是要慢一点，再慢一点，不要想当然和理所应当，尝试去看见和理解。

有些小孩明明长到七八岁，认知能力已经跨越了一大步，但就是囿于过去的思维模式，依赖辅助不愿动脑，让人恨铁不成钢。他们在"我做不到"的世界里停留得太久了，能力得到发展后想不到去运用。对此，我常常感到无能为力。

我真的很讨厌发脾气的自己，讨厌对小孩发脾气的自己。小时候我也害怕被批评，但长大后面对他们我还是忍不住，"你是笨蛋吗"这样的话一不小心就脱口而出。同时我又很生气，气他们为什么做不到，气自己为什么不能去接纳。是不是我的心里始终有一道界线，区分了特殊和常态，在努力帮他们"融入"的同时，也判定了他们应该如何、不应该如何，忽视了他们原本真实的模样。

当老师的初心，是想让小朋友自由快乐地成长，被接纳、被尊重，建立起对这个世界的信任。初心很美好，但现实非常琐碎，面对鸡毛蒜皮，心态会崩，易燃易爆。老师要付出很多情绪劳动，要直面并学会化解成年人暴戾的一面。

我常常觉得当老师是一场修行，当我能够化解这个过程中产生的戾气，或许就不再有什么能伤害到我了。我时常陷入迷茫，又认为自己的选择无比恰当：我有专业的心理学知识，擅长和孩子打交道，会唱歌跳舞，从事特殊教育简直就是行业里闪闪发光的人才。我相信，自己做选择时，一定有某种奇妙的使命感。现实会让人悲伤和难过，但既然选择了坚持，那么必然有我尚未感知的信念等待我去挖掘。

我像一个努力通关的玩家，这个关卡的主题就是"守护星星"。

9

就在我决心好好通关时，小林递交了辞呈。我们几乎同期进入这家康复机构，一起从零开始。第一次发年终奖，我们俩躲在厕所里数钱，互嘲对方爱财的嘴脸。于我而言，她不仅是同事，更是一起奋斗的战友。

然而现在，她选择离开。

小林告诉我，辞职的前一晚，她站在阳台上，突然很想跳下去。她被自己的想法吓哭了，她很难过，觉得自己一定是病了。在康复机构工作三年，每天都感觉在被

PUA，最近一个月天天哭。冒出跳楼的想法后，她当机立断，决定离开这里，离开这个压抑的环境。

我不是不能理解，因为我也曾难过，每天生活在自我怀疑中。

入职满半年时，我俩因为课时费问题找老板谈话。老板是个潮汕人，话里话外都是"年轻人不要老想着得到什么，先想想自己能做些什么"。似乎我们还要感谢他提供了平台，让自己能发光发热。

重新入职后我学聪明了，如果想好好工作，就少和老板接触。他自有一套商人逻辑，惯会忽悠人，我才懒得吃他的大饼。生活苦闷，哪怕我和小林每天上班嘻嘻哈哈，也抵御不了工作中侵蚀"人性"的力量，我们像被异化成工具，变得越来越麻木、机械。或许机构需要的不是我，而是一个可以不停上课的老师。

小林的离开给了我当头棒喝，我忽而清醒，有些痛苦不该被乐观掩盖，问题确实存在，它们潜伏着、隐匿着。我们在自我催眠中自我欺骗着。痛苦从来不是财富，是温水煮青蛙，适应了痛苦，也就学会了麻木。

小林离职后的某个周六，我像往常一样下了课收拾东西准备回家。同事突然告诉我，老板定下一项新规定："十二点十五分才能下班，老板说这之前感觉统合课还没结束，上次有家长问怎么孩子没下课老师就先走了，这不好解释。"

我感到莫名其妙，我上的是语言个别化训练课，其他老师的感觉统合课没下课关我什么事？不同的老师、不同的课程、不同的时间，这有什么不好解释。我没理她，冷着脸走出大门，脑海里冒出一句话：改变不能接受的，接受不能改变的，如果既不能改变也无法接受，那就离开，拒绝内耗。

我越想越生气，这成为一根导火索，点燃了我这些年工作中的不满与怨气。

二〇一八年面试时，老板说有双休，如果上课占用周末时间，可以在周中补休。等到签三方协议和劳动合同时，工作时间又变成了每周五天半。老板笑意盈盈地解释，因为上午八点半到下午五点半的工作时间中还包含了一个半小时的午休时间，实际工作时间只有七个半小时，劳动法规定的工作时间是每日八小时，所以另外的三个半小时要在周六上半天班补回来。

我被忽悠得稀里糊涂，接受了他的说法。那时还很天真，觉得周六多上半天班没什么。殊不知这多出来的半个工作日，不仅会蚕食生活边界，挤压个人生活，更会消磨人的精气神，尤其遇到公共假期调休，有时要连续上十几天班，真是上到怀疑人生。因此，我最讨厌每年的四月。

而这时正临近四月。接下来，我迎来了最痛苦的一个月：先是连上十三天班，然后紧张地准备教师资格考试面试，五一假期仅仅是短暂的喘息。生活持续耗电，每天乘坐同一班公交车，被城市里的移动集装箱载着从这里到那里，进入高高的大楼；再从那里到这里，结束一天的行程。我像被关进生活的小黑屋，感受不到鲜活的生命力。

一天，我照常带小朋友去上课，恰好遇见老板娘带朋友来参观。她从容地介绍道："这里是音乐室，我们有一位合作的音乐专家，会定期来给孩子们上音乐课，做音乐游戏。"她的女儿穿着剪裁得体的小西装陪在一旁，老板娘将女儿揽到众人面前："刚好我女儿学的就是学前教育，我也想着开个机构能让她学以致用。"

我微笑着点头致意，带领孩子从她们身旁经过，无人在意，只听身后传来声声赞扬："这是一项很伟大的慈善事业！像你们这样成功、有爱心、有社会责任心的企业家，很难得啊！"

老板娘谦虚回应："没有没有，这是我们应该做的，有能力就多为社会做贡献嘛。"

我忽然笑了，像我们这样在机构里坚守一线的教师算什么呢？领着微薄的薪水，为企业家挣慈善名声？我厌恶眼前的一切。一个月前，我对工作和生活的所有探索、重拾的"责任"和"使命"，如今看来就像一个骗局，我欺骗的只是我自己。

我像一个把自己装进套子里的人，只剩一团杂乱找不到宣泄口的气，在憋闷中越发膨胀，以至于掩盖了所有感官，让我的世界蒙上一层阴郁的戾气。我不知道这次要用多长时间才能化解这份戾气。

我头疼了整整三天，一开始只是微微的疲倦和不适，接着是难以舒缓的沉重和疲惫，最后脑袋胀痛、太阳穴搏击似的疯狂跳动，下班一路都觉得恶心反胃。我坐在车上闭眼沉思，难道一辈子就这样过了？

我很想抚平堵在心口的怨气，让自己活得放松点，但不知道症结到底在哪里。心里始终拧着一股劲，无法全然接纳自己，也无法接纳世界。我太需要一些改变或刺激，建立新的生活模式了。

10

六月中旬出教师资格考试成绩，我很开心自己通过了面试，即将取得幼儿园教师资格证。与此同时，教育局发布了新建幼儿园的教师招聘通告。我想不如试一试，万一成功了呢，于是趁周日休息录好上课视频，在系统上报了名。

接下来非常顺利，面试、审核、体检。我就这样迎来生活的转折点，两个星期不到，便改变了未来的职业方向。我终于看见这场"守护星星"的旅途终点，如愿辞职，即将拥有两个月的悠长假期。

离职前，我像往常一样给孩子们上课，手机里还记录了许多教学日常。

小珩是三个月前入训的新生，乖巧可爱，脑洞清奇。

我指着消防员的照片问她："他们在做什么？"

我心里想的是"灭火"，她却回答："他们在烤火。"

从图片的直观意义来看，好像也有那么点意思。我指着手机图片问她："手机可以做什么？"

我心里想的是"打电话"，她回答："手机可以玩手机。"

竟然无法反驳。

洋哥现在很喜欢上个别化训练课，每次看见我出现在教室，都兴奋地站起来想拉我去训练室。两年时间，谁都没有想到，洋哥从什么都说不好发展到非常积极主动学习语言，或许这就是成长的力量。

等到九月开学，在康复机构学习了四年的小鱼就要读小学了。某天上课她问我："为什么我四岁在这里上课，六岁还在这里上课，为什么要一直来这里上课？"

我大概猜到了她想表达的意思："你是不是觉得自己幼儿园毕业了，应该换个环境学习，所以也应该从这里毕业了？"

"是呀。"她点点头，随即发提出一连串疑问，"为什么我跟那些小朋友一样要来这里上学，这里是幼儿园吗？他们是不是才两三岁？为什么我要和那些很小的小朋友一样来这里？为什么我要单独上课，不和别的小朋友一起上课？"

我忽然意识到，即便患有孤独症，小鱼也逐渐地长大了，开始拥有关于自身的记忆，对周围的环境产生了思考和疑问。

　　我告诉她，这里也有小朋友和她一样六岁甚至七岁了。"我们去和他们打个招呼好不好？"

　　她说好，于是我带她去了中班，把小彭叫过来，让他们自我介绍、互相认识。

　　小彭是男孩子，今年七岁了，去年来到机构进行康复训练。小鱼见到同龄人难得地害羞了，我还叫了小梁、伊伊分别同小鱼认识认识，但小鱼只记住了小彭。

　　第二天，我又带小鱼去和小彭打招呼，小彭已经忘了小鱼的名字，但小鱼还是很开心，因为她见到了同龄人。

　　我从心底感觉小鱼很孤独，即便具备进入普通学校融合的能力，她依然能觉察到自己与他人的差异。或许再过不久，她会认识"孤独症"这个词；也许再长大一些，她会明白自己为何与众不同。但在那之前，她可能会面对很多很多的疑惑，不被理解或不被接纳。这可能是一个漫长的过程，作为老师我能陪伴的只有一小段路，尽我所能协助她进行很小一部分心理建设，其他的我也做不了。

　　认识小鱼的时候她才两三岁。一年前因为我在课上对她要求严格，她朝我嚷嚷："我讨厌你！"

　　我呵呵冷笑："你以为我很喜欢你吗？"

　　但她不得不来上课，我不得不给她上课，有时也相处得莫名和谐。

最后一节课，我决定和她做个小小的告别。

"以后会有别的老师给你上课，可能是李老师，也可能是池老师。你也要认真学习，配合上课哦！"

小鱼："啊？为什么呀？"

"因为我要去进修了。"我骗了她。

小鱼："那我就见不到你了？"

我："对呀，见不到我你会想我吗？"

小鱼："不会。"

"好吧，你不会想我，我也不会想你的。"我抬头看了眼时间，"好啦，时间到啦，我们来唱下课歌吧。"

"时间又到下课啦，叮当叮当叮叮当。"

我目送她离开，在心里对她说再见。

在岗的最后一天，同事们点了下午茶，就当为我饯别。离开前，老板娘问我："还有可能回来吗？"我笑笑没说话。

五点半，我换下工作服，确认自己没有遗漏物品，拔下电源，回头看了一眼教室，关灯关空调关门，换好鞋子，拎着行李箱走出去。

阿英老师站在门口："以后有空多回来看看我们啊，还有孩子们在这里等着你。"

我笑着说好，向其他下班的老师一起道别。

我和平时下班一样，在路上买了五块钱的鸡蛋饼。这条熟悉的路我走了将近四年，最后一次与往昔并无分别。原来结束是非常平淡的，抵达既定的时间后，便会自然而然停下来。

我想，这一次离开，应该没有遗憾了。

星星之旅落幕，新的副本即将开启。

我的种子，在悄悄发芽。

@ ale

到中国学电影的意大利小伙儿。

异乡漂泊六年，一会儿做这个，一会儿做那个，
经历着时代给予所有年轻人的挑战与迷茫。

过程中的迷茫，都是素材

十八岁，Gap

二〇一二年，意大利北部，帕多瓦市，我是家里的老三，快要高考了。大姐跟着父亲的职业轨迹学了环境工程，二姐学了经济管理。二姐的选择比较保守：那时意大利受全球金融危机的影响比较重，而帕多瓦地区的经济以小企业为主，很多老板发不出工资，有的直接在厂里上吊自杀，电视上隔两天就能看到这样的新闻。在充满危机感的时期，了解经济成了某种能抓住的救命稻草。了解经济，也许能救自己，也许能想到办法，经济专业也变成了很多年轻人的选择。

我喜欢哲学，那是我在高中阶段最喜欢的科目。我喜欢它的"无用"，它纯粹地思考问题的过程，和当时那种很现实、什么都要被经济量化的社会氛围形成了鲜明对比。对于大学专业这件事情，我心里想：民生都糟糕到这个地步了，我们需要的不是善于运用这个本就残忍的经济制度的螺丝钉，而是能提出新的想法、推动改变的人。所以我当时无法接受二姐走的那条不偏离主流的路——除了为自己争取点儿利益，我看不到它的任何价值。

放学回家后，和家人一起吃午饭，总是绕不开大学选专业的问题。大姐态度温和，不太会参与讨论，经常中途退场上楼学习。母亲和二姐则是坚定的现实派，她们劝我考虑就业，不要做白日梦。读完了哲学不就是没工作吗？一聊就很容易吵。那些讨论确实上升到了价值观层面，在"如何选择大学专业"这个问题的背后，是你觉得该如何做人、如何和社会相处的命题。

我爸下班后才入场。他理解母亲的担忧，同时相信父母的意见是仅供参考的，无法彻底代替子女的意愿。他对我的要求是不荒废自己。既然大学专业的选择比较复杂，我们商量后共同决定先放一放。他建议我去做义工，既不对家庭开支产生负担，又能多一些做决定的时间。我去了美国打工换吃住，在西部的国家公园做维护生态的工作，从消除入侵植物到修游客走的路。

我住帐篷，在大自然里生活了半年，每天醒来面对大峡谷的感觉实在太震撼了。我也由此看到了更大的世界，不同生活的可能。同伴 Kenny，是一个住在拖车里每月靠四百美元生活的美国人，还有 Zach，一个很穷的摄影师，他说去纽约那些入场自由捐款的美术馆时没能给钱，但他和自己说好十年以后事业有成了会再去做贡献。我那时明确意识到，在这个世界上，不去学经济是不会死的。

二十二岁，辞职

Gap 完回到意大利，我找到一份体育记者的兼职工作，想着可以边做边在大学里学传媒。我报道的领域算不上是我很感兴趣的——射击体育，一个光看就很容易睡着的项目，但毕竟还是一个记者的活儿，我答应了。小众体育项目有个好处，就是每个国家就那么几个顶级选手，一搞比赛就是世界杯，从三月份到九月份巡回好几个国家，我跟着赛程安排出差。这一点特别吸引我，边做记者边看世界，十九岁的我想象不出比这更好的方案了。

刚开始的几个月是我对工作最有热情的阶段。我还记得我的第一个采访。老板开车带我去老家帕多瓦附近的县城，准备在靶场采访杰西卡·罗西（Jessica Rossi）。她代表意大利在二〇一二年的伦敦奥运会上刷新了女子多向飞碟项目的世界纪录。

我和老板先在靶场周边的饭馆吃了午饭。"一会儿要不你来？"老板突然问我。

"采访啊？"我回，一下被问住了。我以为今天我只是来做助理的，没想到我要上场。

读大学那些年里，我跟着老板一起去了德国、西班牙、阿塞拜疆，还有中国——报道二〇一四年的南京青少年奥林匹克运动会。老板比我大十来岁，刚结了婚。他坦白和我说之后自己可能还会有孩子，不想动不动就出差。

他的想法很简单，慢慢培训我，到时候我来代替他做。我听得很有滋味，心里对选择专业时认为我不够现实的母亲产生了一丝复仇的快感：你看，没去读经济，工作不也找到了吗？还没毕业就找到了呢。

但是我们去南京那次，让我意识到了这份工作的局限。阴差阳错到了中国，除了写赛事报道之外，我很想接触这里的生活。我会争取早点儿下班，跑到奥运村逛逛。在那里，我可以和青奥会的志愿者聊天——他们大多是外语专业的大学生，很多希望毕业以后能出国继续看世界。去到那么远的地方，还能找到和自己心态差不多的年轻人，我感到很幸福，地球村似乎变成了很具体的存在。

我回去主动写了篇关于青奥会志愿者的文章。这篇非老板要求的稿子体现了这份工作无法满足我内心的部分。归根到底，我还是想写人文。因为看着我老板的生活，我基本就已经知道，如果继续干这个活儿，自己的职业发展会是什么样的。做到最好，就是每年跑韩国跑美国跑中东做报道，每四年去一次奥运会。一眼望到天花板，我发现自己就没那么想继续了。

我又接着做了一段时间，投入的心逐渐变少，等差不多大学毕业，我就辞职了。和选大学专业那会儿不一样，这次我学到了，不再和我妈争论，而是直接告诉她："我下个月去北京。"

二十三岁，来中国学电影

"你为什么会跑来中国学电影？意大利不好吗？文艺复兴，费里尼，《天堂电影院》。"

我收到过无数类似的提问，包括在北京电影学院的研究生入学面试上。虽然那时我的中文水平有限，但还是能听懂其中的潜台词——你是不是傻？现实生活中很少有这样的机会，我今天想试试来慢慢回答。

当然，意大利很好，那片土地和艺术创作似乎有奇妙的缘分。"拥有世界上最多的联合国教科文组织世界遗产"是每个意大利人都知道并为之骄傲的事实——哪怕自己实际说不出几个，但总是可以拿来证明"美国没有文化"的。

但是，作为意大利年轻人，我不能只生活在一个联合国评定的文化遗产地，我还是要在具体的社会里生存。如果为了证明自己需要不断回顾过去的辉煌，那很可能是现在出了问题。对于传统的敬畏有时会阻挡前行的过程，挖地铁挖到一半，发现古罗马的遗迹就停工，这是最能解释国情的画面。意大利有点儿像一个巨大的西安。

在罗马，我与电影产业距离最近的一次，是把驾照积分卖给罗马某著名编剧的时候。当时我大学还没毕业，刚开始喜欢拍东西，在考虑要不要留在罗马学电影。我还在电影节做志愿者，认识了一些和我一样有电影梦的年轻人。不过我发现，他们要么是承袭家业，要么在业内有关系，而我要做这行的话，就只能通过关系去争夺很有限的资源。

当时我觉得可以硬着头皮试试，但心里已经对意大利很厌倦。大概是觉得没有必要，我出生在这里，何必要把自己未来的发展也局限在这里，有的是其他的选择。比如，中国。

在我那时的认知里，中国近乎意味着所有意大利给不了我的东西——发展空间、尝试的机会、未知和新鲜感，用三个字概括——可能性。我不需要文艺复兴，只需要一片空地。

二〇一六年九月，我到了北京，在北京电影学院附近的公交站牌上看到即将要上映的电影《七月与安生》的海报。我边在电影学院上汉语班，边结识那边的学生，演演戏，在剧组帮帮忙。有同学说他有个项目，想请我做导演。我想，你看，来对了，这就是中国电影的活力。后来发现，他是一个装成电影学院学生的房产中介，没有什么项目。

但活力是真的。我去的每个剧组都让我感受到很强的力量，大家会为尽可能地实现某个创作理念而集体付出，这总是很打动我。能考上电影学院的人都经过了漫长的努力，有的人把家里的积蓄都投入了电影这个目标。这包含着某种对未来的希望，我觉得很难得。

二十七岁，去做群演

学了一年多中文后，我考上了北京电影学院导演系研究生，专业考试内容和本土学生一样，不过英语和政治免考。当时来参加考试的留学生有蒙古国的、俄罗斯的、东南亚的，都是专程飞过来，不过都没考上。那届研究生招了二十人左右，我是唯一的留学生，经常被误认为是新疆人。

二○一八年九月入学后，我发现在中国读研和我印象中的上学不太一样，更像是一种自由职业者的状态，甲方是你的导师。这种师徒关系从一开始我就有些拿不准，导师不是我之前的老板，有点儿像志同道合的朋友，但我们又不熟。导师说随时联系，有问题就打电话，但我这个"I人"确实做不到这一步。有一次我发微信问导师关于一个剧组的意见，回复是"不太清楚，你自己判断"。简短的回复对我是很负面的反馈，我从此就没有太主动联系导师了，甚至有点儿回避接触。

还有一次，我们几个同门去上导师的课，这是研二的第一次见面。结果我们一进去，导师就开始发怒，因为开学都两三个星期了，竟然没有一个人主动联系他汇报暑假的情况。那天的小课当场取消，我们回去各自给导师写道歉信。经过这件事，我心里就变得很小心翼翼了。

读研最好的一点是给了我很多时间。要上的课不多，可以慢慢做自己的事情。我喜欢和同学去池记吃烧烤聊天，坐公交去电影资料馆看片，躺在寝室里听故事FM——它是我练习中文听力的好帮手，可以听到不同的口音，也可以发现很多有趣的故事。

我也会拍片，不过不知道是不是因为和导师的关系有些僵，我没能找到很好的创作状态，学校里的竞争也让我焦虑，我对自己的表达能力有些信心不足。然后疫情来了，很多同学、好朋友离开了北京，有的离开了中国，我在这里的生活失去了秩序。欧洲回不去，在这里也没有做得很好，两条路似乎都走死了。

在毫无方向的时期，我决定去做群演，在学校之外透口气。实际上，我透了几年了，一直都没回去。有个剧组要拍一部主旋律战争片，在河北的一个小县城，计划拍摄半年左右。我住进一家有一百多号外籍群演的大酒店，基本是包场。我们都很迷茫，有因为疫情失业的，有开公司没有业务的，有上网课的学生，有曾经在哈尔滨食品工厂做冰淇淋的中东人。美籍群演是最渴望拿到带台词角色的，竞争很强烈。

身在剧组，我感觉目光所至之处都是故事。那段时间，我天天做笔记，记下发生的事情。远离了学校的日常，我似乎找到了新的创作灵感。

二十九岁，成为游牧写作者

过去，我习惯于通过做比较大的决定来感受对生活的掌握。Gap，辞职，搬到中国，只要决定足够猛，就可以从僵局里走出来，主动扭转命运。它是一种信念，让我觉得自己无论如何都不会在困难中停滞。问题再大，也总是能做些什么来改变局面的，以至于我一旦对现状感到焦虑，就很容易心急，心越急，做决定越冲动。其实，冲动是我应对失控感的紧急手段。

古罗马人说，人类是自己命运的创造者。这大概是我保持了很多年的一种心态，可没想到，最近这些年会逐渐内化为一个近乎对立的概念——顺其自然。特别是二〇二〇年之后，谈论"对生活的掌握"变成了一个笑话。一切都在变，我做不出计划，做了大概率过一阵子也得废掉，不如走一步算一步。

活儿在哪儿，我就去哪儿。从二〇二〇年夏天开始，我开启了一段漂泊的生活。后面一年，我没有固定住处，行李放在朋友家，我带着少量生活用品到处游走——去上海的广告剧组做模特，去青岛的高中教意大利语，去河北做了半年的电影群演，去甘肃的沙漠里演网大。

我还记得是怎么去青岛的。八月，我站在北京的出租屋里，隔壁在装修，我努力想听清电话那一边在说什么。一个声音羸弱的中年男人向我介绍工作的具体情况：青岛的一所高中急招意大利语老师，原来的外教被困在国外了，近期回不来，想要我去顶一顶他的岗位，大概干一个月，等外教回来，我就可以走了。我甚至可以直接住他的房子。可以的话，现在就给我订机票。交通、住宿、工作，一通电话的工夫就全搞定了。

我更多想的是，为什么不呢？教语言的确不是我的首选。但是如果不去，我可能这辈子都不会知道青岛的一所高中是什么样，在那边读书的学生天天在想些什么，他们对未来有什么梦想或期待。我喜欢即兴表演中"Yes, and..."的理念——在舞台上，如果你的表演搭档说你们在攀登珠峰，你不可反驳，只能接受对方给予的条件并演下去。那天，生活给我了青岛，我就跟着走了。

一个月成为两个月，我在学校十一假期前的唱歌比赛中和学生一起唱了《啊，朋友再见》，我们班还拿奖了。放假那几天，我沿着海岸游荡，到了威海和烟台，和在青旅认识的朋友一起去爬了泰山。我们在顶峰上望着晨曦，那天正好是我二十七岁生日。虽说是和陌生人度过的，但我实在想不到更好的安排。

在那一年，我成功放下了对未来的焦虑，真正地活在了当下。我不知道自己做的每一件事情对生活有什么用，但安心接受它的到来。虽然我妈暗示我应该早点儿稳定下来，但我对于她的催促慢慢变得麻木，享受着自己探索生活的节奏。

在漂泊的日子里，我有幸在写作这件事情上找到了精神寄托。疫情期间，我迫于孤独开始在豆瓣网用中文写日记，记录我在各地的遭遇和内心变化。读这些文字的人我基本都不认识，这似乎和我的生活形成了一个平行时空，有时候也会有交叉的部分——一个读者给我寄了一箱辣条。不管是写写日记，还是发发动态，在日常中留下一些自己的观察，在收到网友的回应时，我会有一种去哪里都有人陪伴的感觉。

那样写写对我来说并不费劲，反而是一种滋养，因此我坚持写了蛮久的。我也不追求物质回报，只是一种自然而然的表达。直到二〇二二年七月，情况一步一步发生了变化。有记者想采访我，写了关于我用中文写作的稿子。两个月后，有媒体看到那篇稿子，直接联系我约稿，让我写写在中国生活六年的经历。我用了一个多月写了篇长稿，上线的那天反响还不错。有图书编辑看了感兴趣找到我，当天晚上，我和出版公司通了电话，谈好了写一本书的初步计划。

这是我的顺其自然：不执着于对未来的详细计划，随着生活给我的启发来一步一步调整。

妈妈请放心，过程中的迷茫，都是素材。

三十一岁，我有方向了吗？

二〇二四年十月，我带着自己出的第一本书回到了老家帕多瓦。一本中文书，现在被摆在客厅书架上比较显眼的位置。我忍不住感慨，离开家，离开意大利，到中国生活，疫情，剧组，各种尝试和失败，这些年也挺不容易的。一切仿佛都在记忆中模糊了，只有这本刚拆开塑封的书，完好地站在那里。为了在这趟旅途中多带几本书回家送朋友，我还被航空公司罚了五十欧，说我的背包太大。看来，廉价航空公司是不讲情怀的。

前几个月，我在中国忙着新书的巡签，隔两天就有一个采访，每周末去各地的书店做分享。回了意大利，生活突然安静下来，身心有些难以习惯。爬家里的楼梯，来回上下楼，也不知道是在找什么。我的编辑打来电话说，新书的宣发差不多了，他接下来也要忙其他作者的新书，后面就不会太频繁联系我了。我嘴上说理解，心里却感到很空虚。写书一度让我觉得终于找到了明确的生活方向。可是，是这样吗？如果是，我今早为什么在投训练 AI 的工作申请？

好几天没出太阳，意大利北部的天气真的不太让人心动。昨天骑自行车去市中心，走以前去高中学校的路。十几年了，当初鼓励我写作的语文老师已经退休，我和同学们大都失去了联系。阴沉的天色中藏着我最担忧的疑问：我和当年相比，有变化了吗？或者，我和当年一样迷茫？哪怕现在的年龄已是数字"3"打头，但我路过高中的那扇大木门时，心里仍然有一种不知如何适应这个成人世界的别扭。

在这方面，年龄不怎么靠谱。以前在中国的剧组，我认识了一个比我年长的意大利朋友。他生活经验丰富，年轻时通过创业在罗马买了房子。碰巧他还和我爸重名，加上我们的老乡身份，我有点儿把他定义为一个在陌生环境中亲切可靠的前辈。结果，有天晚上在拍摄间隙，他过来问我："ale，你是怎么获得幸福的？"

这位前辈不仅没有为我指明方向，反而向我寻求人生建议，我简直蒙住了，原本认为到了一定年龄人就会把生活搞明白的幻想彻底破灭。

我现在意识到，对于出版一本书这样的大事也需要进行一定的祛魅。我在它身上赋予了浪漫的期待，但它不一定会配合。一本书可能只是一本书，会有人看，有人喜欢，但它不会解决人生所有的难题。书的签售活动结束后，生活还要继续，困惑和迷茫还会存在。后面要写什么？还想写吗？全职写作要面对的未知和不确定，我还能顶多久？

乔布斯说"stay hungry"，要保持饥饿，我的人生信条则是——保持迷茫。我好像不用怎么努力，就很轻易地做到了。

@Toni 的福

在英国工作的雅思老师。

工作间隙接到大量留学生家长的"陪读委托"，
由此经历了一系列荒诞故事。

重生之我在英国当陪读

1

那些年我在英国留学的日子还算顺利，语言上没什么障碍，自理能力还可以。毕业后，我选择留在英国当雅思老师，因此接触到越来越多的留学生和他们的家长。

熟悉了以后，一些家长偶尔会额外付费给我，拜托我关照孩子在异国的生活。他们的需求各式各样：有的担心孩子在陌生的环境中难以适应，托我跑腿或给孩子一些生活建议；有的为了缓解孩子参加语言考试的压力，需要我进行辅导；还有的纯粹是想找个熟悉英国的人陪孩子聊聊，以缓解他们的孤单。面对这些请求，我基本来者不拒。我一直觉得这份兼职挺好的，既能帮助到有需要的人，又能多赚点外快，看到家长放心、同学满意，我也有些成就感。

然而，随着接触的家长越来越多，情况也开始变得复杂起来。

一年春天，姚女士通过我的课程主页联系了我，打算让她儿子跟我学口语，但后来因为大机构比独立老师能提供更多的保障，所以最终没能和我学成。

之后，姚女士一直在工作主页上和我保持着联系，她得知我在英国有多年的留学和生活经验，经常会问一些家长们担心的问题，例如，英国是否危险？生活成本高吗？哪里租房方便？虽然免费咨询对我来说有一些负担，但好在姚女士态度很好，非常有礼貌，所以我通常看到信息后就会回复她。

不久，姚女士告诉我，她的儿子考上了位于 QS 排名①前一百的某所大学的硕士，而且还和我在同一个城市。我道了喜，然后她有很长一段时间都没再联系我，我也逐渐忘记了这个人的存在。

直到一天晚上，姚女士突然在我的工作主页打了一个语音电话过来，当时我正在外面和朋友聚会，没有接到这个电话。回到家，我才看到她发来的一大串文字留言，大意是拜托我去看看她的儿子。

那时姚同学才来英国不到两个月，刚刚入学，无法适应，有轻生的倾向。姚女士不知道能够联系谁，所以找到了我，她表示愿意支付我两千元人民币，去她儿子的宿舍楼下转一圈就行。如果碰到他，就假装是同校的留学生，和他说说话，看看他的情况。碰不到也没关系，钱会马上

---

① 英国高等教育咨询公司 Quacquarelli Symonds 发布的全球大学排名，被认为是留学择校的参考指标之一。

付给我。

国内的反诈宣传做得深入人心，看到姚女士的留言，有很多种可能性在我的脑子里回闪了一遍。我想，最坏的可能是和我对话这个人也许根本不是家长，而是一些居住在英国的诈骗分子。他们熟练地伪装成家长，骗取一些从事留学相关工作的人的信任，最后把这些人约出来见面，骗财或骗色。这不是空穴来风，网上总有这样的事情被报道出来。

想到这里，我警惕起来，打算回绝这位姚女士的请求。但当我再次阅读那些留言时，脑海中又不禁浮现出一些关于中国留学生在英国失踪或去世的报道。那段时间确实发生了留学生失踪的事件，或是因为学习压力过大导致轻生的悲剧，这不算罕见的新闻。

这样的话，或许还是去看看比较好？我有些纠结。况且，出去转一圈就能挣两千元，也蛮多的。

那阵我刚毕业，因为要强，已经不再接受家里的经济帮助，但英国的生活成本很高，我确实用得上这笔钱。这些想法在脑子里面像回转寿司一样轮盘转，我也不知道怎么办才好。

就在这时，天使般的室友挺身而出，说愿意陪我一起去看看。好赖我们两个人，如果遇上了诈骗犯，能够相互照应。如果真是遇到了要寻死的留学生，我们还能帮助一个人。

得到室友的支持后，我把自己的微信号发给了姚女士，告诉她我和室友会一同前去，让她把儿子的照片发给我。她很迅速地添加我为好友，发了照片，并直接转了两千元过来。那个地址离我有二十多分钟的车程，的确是大学的宿舍楼。

2

我和室友立马打车，一路上内心忐忑，一方面很担心目的地有一个陌生的年轻同胞要轻生，需要我及时劝阻并给予安慰，我不知道自己是否能办到；另一方面，我想如果没有遇到他或没能给予及时的帮助，这笔钱就有点像是天上掉馅饼，一定不能收下。总之，我没有过类似的经历，这种对事情发展的方向失去预判和掌控的感觉让我不安。

我在出租车上浮想联翩，结果压根没有遇到这位姚同学。那天，我们在他宿舍楼下坐了很久，做好了随时呼叫救护车和报警的准备，直到姚女士告诉我，他现在在宿舍里，情绪缓和一些，我们才又打车回家。

那时候已是英国的凌晨，估计这位母亲在国内也一夜未眠，担心孩子是否会有生命危险。想到这里，我决定还是把这笔报酬给她转回去，但她没有收，说以后可能还会麻烦到我："孩子一个人在英国，我放心不下。"

姚女士告诉我，儿子从小自理能力就很差，事事需要父母打点，长大后，稍有不顺心，就以结束自己的生命为要挟。去年，他被诊断出了轻度抑郁。从前在家里他就很少有安生的时候，但好歹在国内，父母能帮一些忙。现在他来了英国，举目无亲，也没交上朋友，一遇到什么事，除了给母亲打电话软硬兼施地求助以外，没有别的办法。"唉，只能顺着他来，不然还能怎么办呢？"

　　我回应道："可怜天下父母心，您的苦心我能理解。"

　　虽然嘴上这么说，但我心里却隐隐觉得有些不对劲。在工作中，我接触过许多让父母操心的孩子，了解过类似的故事。按照我的经验，自理能力差的小孩背后往往站着掌控欲强的父母，这在东亚家庭文化中是非常典型而普遍的问题。当然也会有例外，比如父母并没有明显的问题，但孩子的个性却表现出一些难以理解的特质。

　　姚女士说，儿子的英文水平还是很差，所以都不怎么敢和别人社交，每天就在宿舍吃泡面。她问我："你这周末有空吗？能不能带他出去吃一顿好吃的？按小时给你结算费用，餐费另算。"

　　吃个饭大概没问题吧，我想。虽然和陌生人吃饭并不是我的爱好，也从未接到过类似的委托，但不管姚女士和她儿子究竟是什么情况，读到她发的那些文字，我一下想到了我爸妈，他们在我刚来英国的时候也是担心我吃不好、穿不暖。

考虑了一下，我决定答应她的请求。正当我想着哪天去和姚同学吃饭比较合适时，读心理学专业的室友提醒我，姚同学如果真是轻度抑郁状态，应该做的是尽快寻求专业心理医生的帮助。毕竟我和他们母子没有任何社会关系，我也没有心理辅导经验，就这样贸然前去，以被雇佣的方式接触姚同学，万一出了什么差池，我可能承担不了这个责任。

斟酌再三之后，我告诉姚女士，如果有类似跑腿的需求可以再联系，但我目前不接受外出就餐的委托。她表示了理解。

3

过了不到一个星期，一天晚上七八点，姚女士给我发了一条信息："老师，请问您能帮我买个质量好些的保温杯给他送过去吗？他不知道哪里可以去买，网上的又全是英文，孩子看不懂不敢下单。这是给您的辛苦费，五百元，保温杯的价格另算。"

当时我正好和朋友在连锁百货公司 John Lewis 买毛线，就顺手买了一个保温杯。我让姚女士把姚同学的微信发给我，以便到了之后联系。

她说："好的，但是可以不告诉儿子我付费的事情吗？我告诉他，您是我朋友的女儿，也在英国念书和工作。我的孩子自尊心很强，如果他知道我给您付费，可能不会接受帮助。"

看到这句话，我下意识地有些反感。从前在家，我爸妈也会以"保护"为名，对我隐瞒一些事情。在成年后的我看来，这种过度保护其实对孩子并没有好处，它会导致小孩对父母过度依赖，失去发展独立性的机会，还会抑制他们面对现实挑战的能力。

姚女士不是第一个委托我去帮助孩子的留学生家长，但她是第一个要求我隐瞒身份的。这个要求的确让我不是很舒服，但考虑到姚同学可能存在的特殊心理情况，我还是勉强答应了。

送保温杯那天，我第一次见到姚同学。我到他宿舍楼下等了很久，他才从电梯里慢慢出来，层层叠叠穿了好几件毛衣，最外面是一件"加拿大鹅"的厚羽绒外套。他的头发乱糟糟的，脸色很不好，看上去好像生病了。拿了保温杯，他连一句谢谢也没说，转身就走了。过了很久，他在微信上给我发："谢谢姐姐。"

我说不客气，在外相互照顾是应该的。

从那天姚同学的状态看，我知道那肯定不是我最后一次为他服务。果然，随后的一段时间，姚女士在微信上拜托我替她儿子去完成各种各样的任务：注册和预约医院，去商场超市买各种东西给他送过去，帮他回复教授的邮件，向学校请假……每次姚女士都会付钱给我，有时五百，有时一千。

办这些事情没什么难度，但姚女士联系我的时间点实在太出乎意料了。一开始，我只会在傍晚或吃晚餐的时候接到姚女士的电话，一周后电话时间就变成了半夜十二点、两点，再往后在我工作的时候，手机也会响起一连串铃声。我在凌晨五点给姚同学送过胃药，有时需要一天去见他两次。

我甚至很难拒绝这些委托。

每当我表示为难的时候，姚女士就会在电话那端哭诉，说孩子此刻的遭遇有多么艰难，她远在国内又有多么担心和不容易。并且表示，如果我能立马放下手头的事情去帮助他，就会提供丰厚的报酬。

我发现，随着接触的时间越来越长，姚女士好像越来越了解如何和我沟通可以达到她的目的。

每次联系的时候，她会先打几次电话，如果我没有接，她就陆续发来很多条长达五六十秒的语音留言。在这些语音条里，我了解到她和儿子关系紧张，会因为一些很小的事情大动肝火。有时她会情绪崩溃："孩子今天生病了，不能去上课，但是老师不让请假。请您帮他想想办法吧，孩子英文不好，太可怜了。"有时她甚至带着哭腔："老师，孩子要是出了什么事，我也没法活了。请您去看看他吧。"

哪怕是把微信语音转文字，我都能感受到她当时的绝望。而这些绝望、迫切、焦躁、恐惧的情绪和信息都指向同一个诉求：立即去帮助她远在英国的儿子解决生活中他无法胜任的难题。我马上坐进奔往那栋大学宿舍楼的出租车，就是能让她好转的灵丹妙药。

每每收到这些消息，我都有一些微妙的困惑：至于吗？这些小事至于被升级到有关生死的问题吗？

更让我奇怪的是，每次见到姚同学，他的情绪看起来都很稳定。不知道是因为我是外人，还是情况并非姚女士说的那么严重，总之，我从未在他那里感受到歇斯底里——这和他妈妈的描述完全不同。

算了，管不了那么多了。

4

在姚女士连续一个多月、每周不分昼夜至少三次的委托下，每天还要工作的我终于垮了。不仅是身体累，还有心态上的疲惫和崩溃。

一开始，我是抱着帮助姚同学适应英国留学生活、同时挣点外快的想法接受了这些任务。虽然麻烦，但在金钱的诱惑下，我还是尽量耐心地去交涉和解决问题。在和他接触的过程中，我们一直没怎么交谈过。按照姚女士的要求，我以"母亲朋友的女儿"这个身份和他往来，不给他增添太多心理负担，怕他进一步认为自己没有能力，导致抑郁情绪恶化。

姚同学也从未对随叫随到的我产生任何疑问。见了面，他会以最简单直白的方式告诉我他现在需要解决的问题，然后坐在我身边，沉默地等我把事情处理完毕。这期间除了补充信息，我们从不谈论别的话题。

这对我来说倒是好事，因为姚女士给我编织的身份并不是很牢靠，如果我和姚同学产生过多交流，他很容易就会发现我根本不是所谓的"赵叔叔的女儿"。按照姚女士的说法，这位"赵叔叔"是姚同学儿时就认识的长辈，两家人很亲密，只不过后来他搬家去了别的地方。除此之外，她并没有给我更多信息，我连这个"赵叔叔"是做什么的都不知道。所以，为了让这个人设能够维持下去，我只能心虚地和姚同学一起沉默。

有时为了化解尴尬，我也尝试和他寒暄："学校怎么样？有认识新的朋友吗？"

"没有。"蹦出这两个字后，他就不再说话。

"你看，在这里你可以点击进去，然后再上传这个文档，就可以搞定了。"我坐在他宿舍楼下，一边帮他上传作业，一边教他如何操作。

"嗯，你不用告诉我。直接解决掉就行。"他说。

他依然没有主动沟通的意愿，对频繁出现的我、对"赵叔叔"，似乎都不感兴趣。这实在太奇怪了，我想，他可能已经知道我是受委托来的，但碍于面子，不愿捅破这层窗户纸。毕竟，没有人会对前来帮助自己的"父母的朋友的女儿"这样没礼貌。

紧急的委托仍在持续，事情开始有些变本加厉了。

有时候，在英国晚饭时间后，也就是中国的凌晨三四点，姚女士会一遍又一遍地给我打电话，慌慌张张地说："孩子刚刚打电话说快要活不下去了，他很有可能只是在威胁我，但是他现在真的很需要你帮忙问问宿舍管理员，如何能让暖气再热一些，孩子在家里给我打视频也穿着羽绒服。"

我晚上不接电话，她就掐着我下班的点继续打，义愤填膺地说："老师您现在有时间吗？孩子从下午一直哭到现在，我不敢打扰您工作，但是您现在能去陪他做一下小组作业吗？他不知道怎么和那些本地同学交流，那些同学都不等他发言的。这让孩子怎么办？您能给老师发邮件反映一下这个问题吗？"

天呐，我真的有太多问题想要问她了：你不睡觉的吗？姚同学已经二十多岁了，你时刻等着他打电话向远在中国的你求救，然后再打电话给我，付高额费用让我去解决一些琐碎小事。有没有可能，我是说，有没有可能，你俩需要的是一个家庭心理医生？

这些话我最终没能说出口，只能说我那时候真的很需要钱。

俄乌冲突爆发后，英国的基础生活成本增高了。我和室友一起住，她是学生，所以所有市政税都由我承担。每个月的房租、水电费、交通费和市政税加起来，就可以吃掉我至少百分之六十五的税后工资，而我还需要吃饭和社交。为了维持相对满意的生活水平，我确实得做出一些牺牲。

但这不是长久之计，镜子里映出的黑眼圈、厨房里空的咖啡罐和书桌上被塞满的烟灰缸都在提醒我，我也有自己的生活，我做不到随时待命。

在处理了近两个月突如其来、难以预测的紧急委托后，筋疲力尽的我打算找姚女士谈谈，要么结束所有委托，不再打扰我，要么划清界限，界定我的工作范畴和职责。如果姚同学真的那么需要无微不至的帮助，不如直接雇佣我当全职保姆。

在找姚女士谈话之前，我在纸上写下了自己对这段雇佣关系的期待和要求：

1. 每个月付两千镑，购买物品和打车的费用另外结算。

2. 姚同学得知道我是被雇佣来照顾和帮助他的，不然顶着一个虚假"朋友"身份，让我觉得不舒服。我不太喜欢一切关系中的模糊不清。

3. 每周只有两次线上和两次线下的委托额度。

5

除了第二条要求，其他的姚女士都很快答应了。也就是说从此刻开始，她愿意每月付两千镑，让我每周替姚同学打四次线上和线下的杂，额外费用另算。但是，我不可以告诉他我的真实身份。

"这样的话，还是停止合作吧。"我说，"在道德方面，我很难接受这种做法，我不想一直顶着别人的身份来照顾姚同学。"

"老师，您听我说老师，我、我们没有在骗他，我们是在帮助他！您明白吗？只是我的儿子自尊心很强，如果他知道您收费的话，就不会再接受帮助。到时候，他打电话向我求助、寻死，我又能怎么办呢？我们在英国不认识别人了，孩子要是有个三长两短，我……"说着说着，姚女士都带着哭腔了。

我没有见过姚女士的照片，很难想象她正在哭的样子。"嗯，阿姨，有句话不知道该不该讲，这个话题可能会有些敏感，但你们有尝试过找家庭心理医生吗？"

"我知道我们的家庭有问题，老师，我都知道，我们的关系——不健康！但现在也不是解决的时候，儿子在英国，怎么和我一起看医生？我们花了很多钱，他书是一定要念完的，这样回来就可以去做已经安排好的工作。我们花了很多钱来安排所有的一切，他可不能在这时候掉链子！您得帮我，帮助我们。"姚女士带着哭腔继续说，"这样，老师，我每个月付您两千五百镑，您不用撒谎！关于您是谁的事情，都由我来告诉他。您什么也不用说，每周帮助他四次就可以。"最后，她说："我唯一的诉求就是让儿子活着回来。"

这真的太夸张了。我完全理解一些留学生会因为抑郁或者很多别的原因难以毕业，也可能无法适应国外的生活。因为在国外，吃穿住行，还有学校的规则，都和国内不太一样，有些性格内向的孩子很难快速找到志同道合的朋友。

确实有很多留学生会因为各种原因情绪崩溃，严重的甚至会退学，但这对母子制造出的混乱好像远远超过了在外留学这件事本身的难度，让我一度觉得他们之间有某种让双方都失去独立性的共生关系。好像需要有一些混乱场景和过度反应，他们的生活才能维持下去。

但还是那句话，我需要钱。在挂电话之前，我硬着头皮接下了这个委托。

然而，面对这份报酬丰厚的兼职，我又很难开心起来。这其中真的有太多我不能理解的部分了。姚女士对我态度客气，也格外大方，转账从不拖泥带水。平心而论，帮姚同学处理种种琐事对我来说也并不棘手，相当轻松，可我为什么总是非常排斥跟他们接触呢？

后来，我和学心理学的室友一起分析这事，她甚至一度想对这种关系现象开展研究，写毕业论文。

我们讨论过，姚女士对儿子的理解和描述总是非常歇斯底里，好像她真的相信生活中的一切不如意都会让他立马放弃生命。所以，她时刻都紧握着我这把昂贵的瑞士小军刀，枕戈待旦地准备去拯救他。但是姚同学每次出现在我面前时，除了个人卫生情况有些令人担忧、沉默和不太礼貌以外，我并没有感觉到他有想要了结生命的意愿，我感觉到的是一种对生活失去控制的无奈与愤怒——这或许是我的投射吧。

总之，我每周在姚同学的生活里出现四次，替他发邮件、订餐、退货、逛街，甚至改论文，但依然没有深入交流过。我小心翼翼地把笔记本电脑、外卖和购物袋递给他，带着僵硬的微笑和他说再见，然后转身离开。他好像也默认了这样的安排，不对我的存在提出任何疑问。按照姚女士给我安排的人设，我和他们应该同为广东人，但有一次我不小心说出四川话，他甚至没有多看我一眼。

我真的有太多问题想问他，但每次见面时，这些问题都像卡在喉咙里，问不出口。

就是那段时间，我发现自己一直在找一个机会，一个和他成为真正的朋友的机会。这样我就可以向他提出一系列问题，没准还能帮助他站起来，离开那段极致相互依赖的母子关系。

我居然开始想去修复他了。这就是我最大的问题。

因为经历过，所以了解。一旦有了试图"修复"一个人的想法，哪怕出发点是好的，也会立刻让我陷入只是为了满足自己的心理需求、绝对没有好结果的拯救行动。我知道，当我产生这样的需求时，问题的核心不在对方，而在我自己。因为他从未向我释放过求救的信号，一切都是我脑子里产生的期待。

好在过去的经历一直让我警惕不要重复相同的错误。"You are not here to fix anyone."我每次去见姚同学之前，都会反复默念这句话给自己打气。意思是，你来到这个世界上不是为了修复别人的。每个人都有自己的问题和生活方式，外界的人不应该承担这种责任。

6

"You are not here to fix anyone, because people must find their own strength and solutions, from their own within. Taking on that responsibility can blur your own boundaries and needs."（你不是来修复任何人的，因为每个人都必须从内心找到自己的力量和解决方案。承担这种责任会模糊你自己的界限和需求。）几年前，一位黑人女性心理咨询师在我经历了类似事件崩溃后，如此告诫我。

我把这段话写在便利贴上，贴在书桌前，用来提醒和说服自己。在这段雇佣关系中，我不应带入个人情感，要保持专业。

带着对这段话的理解，我又去见了几次姚同学，期待和他之间这种失真、尴尬而沉默的默契，不会被我的某种难以控制的同情心打破，能够一直维持到他离开英国。

直到那天。

我原本是要去帮助他修改文献综述的，在姚女士的声泪俱下中，我才知道他们刚刚又爆发了争执。像往常一样，我走到宿舍楼下，找了个地方坐着，等姚同学出来带我去自习室。这次等了半小时也没有看到他。伦敦的冬天，下午四点天就开始黑了。我给他打电话，每隔五分钟打一次，但都无人接听。

这种感觉真的很糟糕，我决定上去看看。恰好宿舍的门没有关，这门一直有问题，上不了锁。我们曾尝试向管理员投诉，但英国人的工作效率属实不高。

敲了一下门，里面没有任何声音，我的心立马凉了半截。我当即推开门，迎接我的是一片黑暗和一股衣物迟迟未晾干的味道。

这是我第一次进他的房间。

"姚同学，你在吗？"我尝试走进去，好像踩到了什么东西，便在门口摸索着寻找开关，打开了灯。

看清楚房间内的情形后，我倒吸了一口气。这里几乎没有能够下脚的地方，百分之九十五的地板都被衣物、外卖盒子和奢侈品包装袋占据，连行李箱都塞满了垃圾。桌面上全是吃剩的食物，还有一些未拆封的物品，一切就这样凌乱地被搁置在不属于它们的地方，而姚同学正低着头坐在床边。

呼，还活着。

我在一片狼藉中摸索着走过去，小心地坐在他身边："你还好吗？"

他没有回答，因为我的问题实在太愚蠢了，没有人能在这样的环境里好好地生活。

我一边深呼吸，一边提醒自己保持专业，然后再次问他："发生了什么？"

他没有说话，把手机解锁，递给了我。

我翻看了一下那个聊天记录页面，语音条、文字、未接电话，密密麻麻：

你现在在哪里？在做什么？

你现在的心情是什么？回话。

回信！我和你爸爸都病了！

我已经安排赵叔叔的女儿过来协助咱们了，别怕。

儿子，这个书是肯定要读的。咱们一起努力，一切妈妈都给你安排好了。

靠自己你能做什么？你算个什么东西？！拜托你搞清楚，如果没有我们给你铺路，像你这样的人只能去讨饭吃！

　　你太让我失望了，你知道吗？你花了我们多少钱？你又能挣多少？别他妈一天到晚就讲想回来的话，回来能干什么！没能力就没有资格和我说这些！

　　……

聊天框上方的备注是——妈妈。

7

　　这些信息只是冰山一角，但我读不下去了。我把手机还给他，和他一起陷入沉默。此刻我才真正明白，谁才是让他们母子的关系变成如今这种状况的原因。

　　这次，居然是他先开口："我想，离开。"

　　"我明白，有什么可以帮到你的吗？"除此之外，我不知道说什么。

　　"我，不想要你的帮助。"说完，他又赶紧解释，"对不起，我不是那个意思。"

　　他又不说话了，我问他："你想去哪里？"

　　"不知道，去哪里都行。"

　　"就快毕业了，实在撑不到那天了吗？"

　　"嗯。"

　　"是想回国、回家了吗？"

"我只是，不想再这样下去了，姐姐，怎么办呢？"他的声音逐渐沙哑。

我也不知道怎么办，又好像知道怎么办。但我能怎么办呢？建议他去一个他妈妈找不到的地方吗？

我突然之间意识到，我们正在进行一场我期待已久、和他成为朋友以后的对话，但是这场对话到此不可以再进行下去了，因为我早已选择在这个混乱的局面中扮演一个不该扮演的角色——允许他的母亲通过我，操控他的生活。

除了姚同学自己，没有人可以把他从那个压抑的深渊里拉出来，而我也还没有准备好在此刻走进他的生活，我没有那么强大，我们不是朋友，我们没有那么多时间，我是被雇佣来照顾他的。他明白，他应该比谁都明白我究竟是谁。就算在异国他乡，他也无法拥有对自己生活的控制权，权力依旧紧捏在母亲的手上。

在父母的规划里，他一定要出国，读硕士，镀金，回国后就可以坐在那张已经花了很多钱才安排好的办公椅上。他不可以中途掉链子。除了生命，好像连呼吸都不受他本人的控制。所以，是否要继续活着，成了他和母亲谈判的唯一筹码，让生死相关的剧情每天都在这间小小的、乱乱的宿舍里上演，再通过手机屏幕和听筒，传到地球的另一面。

8

"保持专业。"我告诉自己。但同时我也知道，这次真的不同。面对这样的场景，冷静和距离只是一种理论。

我不止一次想象过姚同学面对着怎样的失控、愤怒和无措，但我说服自己，这些都不重要。他母亲给我开出了足够我去旅行五十次的支票，我要做的只是确保他能顺利毕业，然后离开英国，这段关系就结束了。我会吹着口哨送他去机场，再挤出一个僵硬的微笑和他说再见——他会离开，而我则拍拍袖子回到原本的生活，电话铃不再会午夜时响起，就像什么都没有发生过一样。

然而，事情不会朝着那个方向进行了，推开他宿舍门的那一刻，我就知道。

"也许，你可以撑到毕业，马上就毕业了。"我试图给他一点希望，但其实我连自己都说服不了。

"我……我知道你现在很难，但就剩几个月了，熬过这段时间，一切都会好起来的。"我想尽量让自己的话听起来有一些力量，但这种例行公事的话术像要在狂风中点燃蜡烛一样徒劳。

"那几个月以后呢？"他的眼泪从脸上掉下来，落到膝盖上。他的双手局促地在两膝之间挤压和揉搓着彼此，像是在焦灼地等待一个能够让他获得解脱的指示，但我真的给不了他一个满意的解答。

几个月以后他会怎么样？一切都会好起来吗？不，就我所知不会的。他从小就被剥夺了选择的能力，大脑已经失去做选择的功能了。

我不了解他，他也不了解我，他连我姓什么都不知道，我们根本不认识对方。如果他是我的好朋友，我会告诉他："咱们现在先去联系个靠谱的心理医生吧，你这两天先住我家，过两天心情好些，咱们一起回来把这里收拾干净。不就是学英语、读个硕士嘛，你能搞定的。"

"读完以后先别回去，整个PSW（英国的留学生毕业签证）留在这里工作一段时间，等身心都准备好要面对那一切了再说。最后，回国以后，去别的城市，和家人保持距离，为了你的健康，不要和他们产生紧密的联系。"

可他不是我的朋友，这些忙我帮不上，这些话我也说不出口。他需要我，不，是姚女士需要我。她给我开出越来越高的报酬，用金钱绑住了我的时间和精力，甚至道德底线。但我们不能再这样下去了。

"对不起。"不能再往深处走了，我站了起来，对着他说，"姚同学，听我说。"

他抬起头来看着我的样子好像生病了，就像我第一次遇见他那样。

"我相信你可以走出这一切，所有的困境都会过去的。"我顿了一下，"我知道你和父母的关系有些复杂，但或许你可以找一位心理医生沟通一下，没准比我更能帮助你解决目前遭遇的问题。但，我可能不会再来这里了。"

我开始寻找可以落脚的地方，朝门口走去。

"如果有一天你真的需要帮助，可以直接联系我，不用通过你妈妈。"我最后看向姚同学，希望他能明白我的意思，但他只是坐在床边，有些麻木地看着我。

我最后朝他点了一下头，转身拉开那扇始终无法上锁的门，走了出去。

宿舍外的冷风扑面而来，我站在街边深吸了一口气，掏出手机，发了一条信息给姚女士："从今天起，我不再继续做这份工作了。我想我已经尽了全力帮助您的孩子，但有些事情是外人无法解决的。请您理解，也感谢您的信任，祝愿您的孩子一切顺利。"

我按下发送键，心里突然有一种空落落的感觉，但随即又释然了。在姚女士向我发出任何可能的回复之前，我把她的微信加入了黑名单。直到现在，我们都没有再联系过。

@ 旺仔秋秋糖

九〇后社恐营销编辑，同时也是销售、客服、快递员、摄影师、主播、发行的键盘手、库房的录入员。

"图书营销是勇敢者的游戏，我们是在用一整个宇宙换一颗红豆。"

欢迎来到滞销书俱乐部

关公战秦琼

我是个营销编辑，二〇二二年被直播带货的浪潮卷入了一家出版社。朋友曾在我投递简历的时候问我："不看稿子也算编辑吗？"

"营销"和"编辑"实在是"我站在你左侧，却像隔着银河"的两个词，这种搭配的荒谬程度，堪比关公战秦琼。

至今我也没弄清楚，他究竟是开玩笑，还是真的在提问。但无论如何，我还是成了一名营销编辑，或者说是一名销售、客服、快递员、摄影师、主播、策划编辑的助手、作者的秘书、发行的键盘手、库房的录入员，一位工作起来感人肺腑的基层服务人员。

营销工作比起文字编辑工作更容易上手，虽说"师父领进门，修行在个人"，但个人的修行方向，绝对离不开工作目标和工作任务的指引。上半年，我们的业绩考核内容当中还包括电商平台图书专题的策划与维护，下半年就变成了短视频带货达人招募。与此同时，图书销量在业绩考核中的占比也从原先的百分之三十提升到了百分之六十。

短短一年多，我已经可以在营销沟通会上熟练夺过策划编辑在画的大饼，并告诉他，我在乎的只有三件事：销量！销量！还是销量！

今时不同往日，图书营销从内容制胜逐渐趋向流量制胜，一本书如果不能得到短视频和直播渠道的青睐，只靠电商平台和各种线下渠道的销售，很难达到策划编辑做梦想出来的"大爆款"的标准。

市面上有带货能力的短视频达人多如牛毛，类型、风格各异，但他们选书的原则大同小异。营销编辑与带货达人打交道就像是一场招聘会，只用内容打动达人是不够的，就像我们不会在简历上详细描述自己的日常生活状态，却会认真列出学历、学校、考过哪些证书、被授予过什么荣誉。

敝帚自珍是编辑们的通病，在一本书真正上市之前，内容优质与否大都来自编辑和作者的推介，而每个人的精力有限，很少有达人能拿出大块时间了解和判断一本书的具体内容。于是，有效的概括和适当的包装就显得尤为重要：知名作者撰写、行业专家背书、颇具讨论价值的主题、广泛的受众人群等都是达人们关注的重点。当然，在其他项目分数差不多的情况下，一笔价格不菲的佣金或者能显示他们地位与众不同的专属定制赠品可以成为打开达人心门的钥匙。

谁能提供最多的利益和最高的情绪价值，谁就把握了图书营销的制胜法门。

在五月末的营销沟通会上，我再一次激烈地与策划编辑交换了意见，并在一众"嗷嗷待哺"的新书中选出了几本种子选手作为重点推广对象。

其中一本的作者叫"牙哥"，牙哥是一位主播，为人爽朗直接，做事风风火火，商业嗅觉敏锐。早些年公众号火热的时候，他把自己的公众号运营成了某个小众行业内的顶流，出书的过程中又瞄准了短视频赛道，购置了一批专业设备，大有"不破楼兰终不还"的气势。没多久，他就参透了短视频开头"黄金三秒"的奥义，总能开篇给人惊喜，或者惊吓。

因为我实在无法忍受他的短视频经常以面部特写为封面，而播放键又刚好落在他的牙上，关注后不久我就取关了他的账号，尽管我知道目前短视频是他的主要赛道，也是我与他合作的重要战场。

这一次合作也是"未见其人，先闻其声"，在流程尚未走到营销环节时，我就收到了策划编辑发来的作者自制的网站详情页海报和长达两小时的图书介绍视频。如果说他用短视频惊艳我需要三秒，那么他用海报惊艳我仅需一秒，这哪里是详情页海报，这简直是"违禁词词典"的电子浓缩版。

那是一张"很吵"的海报，图上没有一寸留白，每个图片元素都被汉字团团包围，汉字密度甚至超过了报纸中缝广告。我一度怀疑牙哥的公司聘请了外宾做海报设计，很难相信一个人在认识这张海报上所有字的前提下还能做出如此震撼人心的设计。

不仅如此，每隔三行一个"最佳"，每隔五行一个"第一"，时不常还会跳出几个"完全""唯一"，一个在营销圈子浮沉多年的行家如此坦然地讲出这么多违禁词，真是有一种老派的狂野。至于那个视频，我在想有没有什么门路能为它申请到电影龙标，除了电影院，我很难想象有什么地方可以播放这么漫长的片子。

这本书成为重点书的理由是策划编辑认为作者本人在自己擅长的领域有很强的号召力，相当于一个流量明星拍电影，从创作到出版的全过程都有粉丝追随。尽管由于出版周期过长，陆续出现粉丝退坑的情况，但是他始终坚持站在时代浪潮前端，追赶最时髦的营销方法，总有新人通过新的渠道入股成为他的拥趸。

令我没想到的是，这本书的诞生堪比猴王出世，不是说它多么震撼人心，而是说它带来的麻烦和孙悟空大闹蟠桃会之后的天宫一样。很不凑巧的是，这个故事中的我，并不是神通广大的齐天大圣，也不是能搬来佛祖救命的玉皇大帝，甚至不是打碎琉璃盏被罚下界的沙悟净，而是那个打扫现场的保洁。

什么？你说《西游记》里没有保洁的戏份？确实，我们营销编辑也不怎么有机会署名的。

如此包装

牙哥的这本书正式下印之后，我们便开始了紧锣密鼓的营销准备工作，包括但不限于：组织内部营销沟通会、在内部系统中完善基本信息、设计宣传物料和为作者安排专访、对谈活动，等等。

我们的营销工作始终秉持着"人定胜天"的理念，因为这本书的先天营销条件确实不尽如人意，策划编辑最初描绘的是一个精装修别墅区，当我真正拿到这本书的资料时却发现，原来别墅是海市蜃楼。

当然，这并不意味着这本书的内容不好或者写得不好，毕竟质量真差的书也很难经过层层审核走到出版的环节。只是作为一本"预备役畅销书"，牙哥的领域实在是小众，小众领域的优势是马太效应明显，即成为头部之后，很容易成为头部中的头部，并心安理得给自己冠上"专家"的名号。但另一方面，流量来来去去，实际上大家争夺的就是数量很小的同一批人。

这样，专家们一旦跳出专业领域就会发现，一个人的能量实在是微不足道。当然，他们不需要主动跳出来，要在外面四处碰壁的，只有明知不可为却必须要为之的营销编辑。

第一次（后来发现也是最后一次）营销沟通会上，我秉着"宁可错杀，不可错放"的原则把相关同事和几个部门的领导集结到一起，这种全明星阵容一般只在年会上出现。领导们参会的意义不仅仅是为了让他们及时了解工作进展，更是为了避免日后甩锅的情况发生。

如果你看过赵丽蓉老师的小品《如此包装》，那么你已经基本掌握了这种会议的精髓。会前我准备了精美PPT，对比了市面上同类"si字辈"竞品书——"玛丽蒙泰斯"和"波姬小丝"，试图为我们的"玛丽姬丝"设计出一条星光大道。

当然，没有人能让我把PPT讲完，大家你一言我一语，为这本新书提供包装方案，看似繁杂，实际上所有的路线都指向一个目的：让需要它的人下单，让不需要它的人以为自己需要，然后转接入上一流程。

我们这份工作的魅力在于它总能给人惊喜，我的意思是，所有的会议，无一例外，会前准备好要达成的目标一个都不会实现，但总能在会议结束时得到几个意想不到的营销思路。

领导A：这个作者据说特别厉害，能不能推荐给××的直播间？

策划：他们两个的领域不搭。

我：我们在对接另一家比较合适的，独家首发，但就是想要一个特别折扣和佣金。

策划：太低折扣做不了，我们的书是有品质的。

领导 B：给他写推荐语的这几个人有没有流量大一些可以帮助宣发的？

策划：都不如作者本人。

领导 A：我觉得咱们的宣发重点应该往 ×××（某热点话题）上靠一下。

策划：但这个讲的其实是……，它和 ××× 是两回事。

我：所以，咱们这个书，到底为啥是重点书呢？

策划：你们不懂，这个书的内容是很优质的，而且作者对宣发很积极，比如……

策划编辑以一敌百，舌战群儒，力证这本书虽然在我们关注的各个方面都有些欠缺，但它绝对是一本当之无愧的重点书，只要我们"好好做事"，这本书必将成为畅销书俱乐部的一员，而他的工作就是盯着我们"好好做事"。

他并不知道，如果一个木桶处处是短板，那么就意味着，它其实是个盘子。

经过几个小时的闭门造车，我们为新书设计了这样一套话术：本书由业内知名专家（自封）撰写、众多专家

（不如作者）推荐，具有"理论精""实例多""讲解细"（圈外人看不懂）等特点，这本书不仅仅是本行业内的标准性著作，也可以为其他行业提供参考和指导。会后开启多线并行，一方面邀请"宣发积极"的作者录制专访、安排签名、准备发布会，另一方面申请设计单为新渠道定制一套周边赠品，从书籍内容出发进行设计，将小众题材与大众领域联系起来。设计定稿后我将要带着这套话术对接其他部门同事、带货达人和一些撰写书评的读书博主，力争打入人民群众当中。

牙哥除去敏锐的商业嗅觉，最显著的特点就是——自信，以及固执。固执往往是自信的进阶，从"自信"到"只信自己"只有一步之遥。当我热情满满地邀请牙哥来社里录制访谈视频并签名的时候，我方再次遭遇强烈抵抗：

牙哥：我不签，收到赠书的都是专家，我给人家签名算怎么回事啊？

我：其实也会给读者送一些的，而且签名的作用是增加一些价值，显示独特性。

牙哥：不行不行，咱们不弄这个了，你呀，还是给我准备一个专属购买链接，我拿去带货。

我：那老师您看线上发布会定在哪天比较合适？我们提前准备宣传物料。

牙哥：没必要吧，你们出版社的账号也没什么流量，不如我自己的账号来推广。

一番拉扯之下，访谈是没有时间录制的，签名是不好意思签的，直播是怕被蹭流量的，前后磨了几个星期，想做的事情一样没办成，成果是给作者的不同平台做了几个专属购买链接。

不过有一说一，我可以确定牙哥不是贪图高佣金，而是真的自信并坚信自己能卖好，因为他要的销售链接都是定向零佣金，只赚吆喝。

此后的一段时间，每隔一两周，牙哥就会来找我一次，问我怎么这几天卖了两三本库存就空了，这样会影响他的宣传节奏。

这件事的原因在于不同平台的库存调整规则不同，有的平台可以由我们在后台给每个购买链接直接设置库存数量，有的则是同一平台上同一本书生成的不同购买链接共享库存，系统根据销量自动划分库存，无法人工分配，而他偏偏在众多链接中选择了最不可控的一种。

每隔一段时间，他就会突然出现要求加库存，但如果我趁机请他配合一些活动，他又会打一套太极拳婉拒，并表示还是他的方法好。

我们与作者的关系就是这样：你找他，苍茫大地无踪影；他杀你，神兵天降难提防。

付费上班

眼看着这本书销量毫无起色，我带着那套之前设计好的话术和样书找到了同事橘子老师。新渠道的资源和流量依然符合二八定律，大量的资源掌握在少数人手里，橘子老师就是我们接触已经做大做强的达人的对接人，职责与商务类似，承担了内部与外部的转接工作。

她的工作宣言是：受双倍委屈，领一份工资，说一车好话，得一对白眼。

平日里，橘子老师对我们有问必答，对达人客气有加，远学雷锋，近学李素丽，具有亮剑精神，不管是多难搞定的达人，她都会硬着头皮满脸堆笑给对方猛发消息，难得的是，她还能在这种环境下保持对内的礼貌和情绪稳定，总的来说，是一款活菩萨。

这一次，在领导的建议下，我们瞄准的目标是一位战绩相当不错的达人。当然，这样的达人带货门槛也很高，而且往往他们的标准并不局限于书或者与书相关的内容方面，有时候出版社的态度和他们当天的心情也是重要影响因素。

因此，为了向达人推荐这本书，我们提前做好了万全准备。先是参考达人以前带货的同类产品调整了宣传语的侧重点；然后又在其中挑出最重要的部分，加上"折扣""库存"等相关信息，做成一页PPT的手卡；接着做好一套图片素材，排查违禁词之后作为上架物料备用；最后在橘子老师的帮助下，把一本书中比较适合放在直播间讲、有噱头的内容用荧光笔和便利贴全部标注起来，打包寄送。

以上工作全部完成、在我以为可以喘口气等待对方回复的时候，橘子老师发来微信：来确认一下给达人发送的微信内容吧。硬着头皮一一核对了我吹的每一个牛，确认我们不会因为夸大其词被拉黑之后，推荐消息才发出。

之后就是无尽的等待，三天之后又三天，我的期待被一点点磨平，后来过了几周，我们都默契地不再提起此事，避免想起白忙了一场又要抱头痛哭。只剩下橘子老师，还在反复敲响那扇无人应答的门，试图叫醒装睡的人，并隔三岔五优化图书资料包。

几天后，橘子老师和往常一样发来消息，说要再修改一下头图。我只当她又在整理提报的图书资料，来回改了几次之后，收到了她发来的 PSD 格式的模板，说要重新做，套用这个模板。

我觉得我们的工作是不是准备得过细了，决定小幅度反抗一下："啥活儿都得咱亲自干吗？咱俩是设计师吗？"

"好不容易推荐进去的，配合配合吧。"

"等等，什么推荐进去？是那个直播间？"

"对啊，不然换首图干吗?！"

当我反应过来她竟然用这么平淡的语气向我传达了一

个期待很久甚至已经不再抱希望的好消息时，我在工位原地起跳：

"噫！我中啦！"

"姐！在吗！姐！来了吗！"

姐是我的直属上司，也是我唯一的"解"，她的工作宣言是：敢上九天揽月，敢下五洋捉鳖。刚开始做营销编辑的时候，我总是又卑又亢的，吾日三省吾身：这么向作者提问礼貌吗？这样回答策划合适吗？达人不回消息我能不能直接拉黑？这些问题在姐这里总能得到解答。

姐在"如何回复工作消息"领域堪称问答宝典，可以说，我职业生涯的前几个月，很大一部分时间是在姐的工位旁边度过的：不会回作者消息要去问，不会跟合作方邀约合作要去问，连作者在群里发了红包我都要先问过再领。而且，在这家工作节奏舒缓的出版社里，姐的工作效率和响应速度可以击败 99% 的人，如果说有什么能阻碍姐的工作开展，那只能是无穷无尽的会议和时不时开机失败、嗡嗡作响的电脑主机。

我带着范进中举的喜悦一个箭步冲到姐的面前，连比画带说讲述了前因后果。三言两语间，我们甚至连庆功宴怎么搞都想好了，但实际上这件事的进度是，资料包里的首图还没改，因为我的电脑装上一个剪映，就容不下一个 Photoshop，PSD 格式的图片我完全打不开。

当我在她工位旁左转三圈右转三圈念念叨叨"怎么

办怎么办，哪个设计师愿意接我这种单子，完蛋了完蛋了"的时候，姐已经一掌治好了嗡嗡作响的主机，打开了Photoshop，问我："你要改的图呢？"

"这也会？"

姐说："我，PS大师。"

大师三下五除二改好了图发给我，我再次向橘子老师确认，是真的吗？是那种不但会挂车，而且会讲解的吗？

橘子老师："把你那个心放在肚子里吧。"

直播前夜，八点多的时候，对接群突然热闹起来，达人方面以"将这本书作为重点品"作为交换条件，要求我们再次降价，而且对图书细节提出了几个疑问，需要我们马上做出回应。内容方面已经整理了无数次资料，我打开电脑，很快给出了几条回答。而另一边，姐试图就价格进行谈判未果，对方完全没有给我们任何讨价还价的机会，直接要求我们修改头图上的价格。

但我们都没有办法在家凭空化物临时变出一台装了Photoshop的电脑去修改PSD格式的图片，交流陷入了僵局，我一气之下把手机丢在一边不管了。

几分钟后，橘子老师突然在群里发出了改好的图，说是自掏腰包去淘宝找了人作图。这感觉很微妙，事情办好了，甚至有人替我受了委屈，我本该松一口气的，但我总觉得事情不该是这样，可也没什么好办法，这就是营销编辑。

第二天一大早，所有人都紧张兮兮提前到岗，打开直播间待命。对方还算是守信，给了这本书一个机会。从开始讲解到放下这本书，短短几分钟，达人讲的话和我前一天准备的内容不能说毫无关系，但最起码是完全不同，我知道他一定没看。

我揪着一颗心看完全程，生怕出什么岔子，当然我也知道就算讲错了什么，也只有我知道，因为作者并不在乎这个直播，他只相信自己。在这惊心动魄的几分钟里，我眼看着销量从两位数迅速升到三位数，最后定格在将近一千的一个数字。

我不得不接受这个现实——知识是力量，流量也是力量。

吃亏在眼前

人很难不被这种力量冲昏头脑。

眼看着库存告急，我提醒策划要下重印单了。印多少呢？多了怕库存积压，少了怕不够用，我的建议是首印量的一半即可，毕竟达人不会天天给我们带货，而我们自己的渠道难以在短时间内迅速消化掉太大的库存。可惜，决策权在策划的手上。

策划这个人，怎么说呢？他能乘风破浪、披荆斩棘，在这样一家规模不小的公司干到现在的程度，必须要承认他的职业生涯中一定有过不少精彩选题。或许是因为最近几年仕途顺利，他的工作重心逐渐转向了管理。现在的他，每日时刻保持紧绷状态，西装革履，将头发梳成大人模样，但是他办的事，总让人怀疑他是否定期向大脑注射羊胎素，从而保证大脑沟回全部展开，大脑皮层像他的油头一样光滑。

每当他双脚离地、智商要占领高地的时候，他就会捂住头大喊：不要思考！千万不要思考！然后打开微信对话框，问责我：

旺仔，上次的视频处理好了吗？

旺仔，新海报设计怎么还没出啊？

旺仔，作者很重视这个活动，怎么还没上架？

旺仔，……

面对他的诘问我已经不痛不痒，反正，我们之间是一种"摇头之交"——无论做什么，他都不会太满意。有时候，他的摇头发生得莫名其妙，我甚至怀疑他想趁机摇一摇，跳转淘宝去购置几件新的商务 polo 衫或者补货几瓶发蜡。

但问责归问责，该听取建议的时候，他是一个字都听不进去。这一次的几百册销量让他和牙哥心花怒放，两个人都因此对自己的能力和这本书的内容有了更强大的信心，大手一挥，加印了和首印一样的数量。两个人一唱一和，谈笑风生，仿佛斩获诺贝尔文学奖如同探囊取物，文学奖我不敢妄言，但我真想给他俩颁一个诺贝尔"一直讲"。

日常的营销工作还在继续，在作者自己每日进三步退两步地"大力"推广的同时，我们也在马不停蹄寻找一切有可能发书评的读书博主或者带货达人。把之前包装好的话术，开头加上"老师您好"，结尾加上"我们可以根据您的需求提供一定量的赠书，期待有机会与您合作"，起早贪黑地发给所有看起来和这本书的领域沾边的博主。

功夫不负有心人，我的努力很快得到了回应，我终于被禁言了。

不过，广撒网还是捞到了一些鱼，算上以前就建立起联系的一些博主，我打包了一批快递急匆匆寄出。过上两三天，估摸着快递快到了的时候，再一一发消息提醒收货。有些对话框点进去会看到，上次寄书之后给对方发的消息还没有得到回复，但是也没办法，这次不行，万一下次就可以了呢，营销编辑总是靠着一次又一次给自己画饼才能笑着活下去。

而策划老师更是钝感力王者，每当我告诉他，咱们的书又被达人用"深度不够""水平不高"这种理由拒绝，他总会眼冒金光，问我："你说的这个达人是不是水平很高？咱能找他写书吗？"

真是好心态决定女人、男人、所有人的一生啊。

一段时间过去，这本书的销量始终维持在"食之无味，弃之可惜"的水平，我实在想不出还有什么办法能让它走上畅销书之路，只好又去找姐求解。

姐表示："没招儿了，咱们去趟雍和宫吧。"

万般绝望之时，橘子老师带来了一个好消息，上次的带货主播答应近期安排一次返场，会再给我们几分钟的出镜机会，不用准备其他资料，上次的可以拿来直接用，我们要做的就是确保商品链接和库存无误。

时至今日，这本书的进度条我们已经基本上搞清楚走到哪里了，这很有可能是这本书的最后一次曝光机会，能抓住就一定要抓住。橘子老师和她的同事们甚至排了值班表，一人一小时轮班紧盯着直播，因为达人的不可控性太高，一场直播准备带的商品有几十种，没有人知道他会在直播进行到什么程度的时候上架我们这本书，只能确保不要漏看一分钟。而我则是每隔几分钟就打开看一眼，每次打开就发现我们这本书还在没讲解到的池子里，排着队拿着讲解的号码牌。反反复复一上午，直播从开始到结束整整四个小时，上架的几本书里只讲解了不到一半，最后还是被鸽掉了。

完咯！

这段时间，传统渠道的销售一直保持平稳，而新渠道在那天的热闹过后骤然归于平静，作者的"大力宣传"也未见起色，一大批库存留在库房等待慢慢消化。但牙哥的信心丝毫未受影响，我们提出的任何邀约和建议都被驳回，他只一心耕耘他的短视频账号。

牙哥说："哎，你们知道吗？我在短视频方面有研究的，不如你们把账号拿来给我运营算了。"

魔镜魔镜告诉我

魔镜魔镜告诉我，哪里有一直畅销的书？

我相信每本书在创作出来之后，都会有属于它的读者，但怎么找到这些人，需要耗费很大的力气。我们放不下灯火通明的直播间，也不能停止追求短视频的黄金三秒，这一步踏出之后，图书营销就再也不能回到原来的样子。

此后，为了消耗库存，我们尽可能在任何可能的地方带上这本书出场。作者对于出版社来说是重要的客户，我们很担心作者因为销量不及预期结束和我们的合作转而投入其他出版社的怀抱。

但我们想错了。牙哥是不会气馁的，他永远相信自己的能力，并且可以迅速从上一件事中抽身，投入下一个活动。

当发现牙哥的账号有一段时间没有再带货自己的书，也没来找我加库存时，我以为他对出书和卖书这件事失去了兴趣，我也打算逐渐放开这本书，拿出更多精力对付新书。可没过几天，我突然发现，他在个人账号上宣布要准备创作下一本书了。

之后又是漫长的沉寂。新书一本接一本出，我再也没有想起他、他的书、他的短视频和他的牙。

最近我再次听到他的消息，是其他组的同事提到认识了一个流量不错的达人，我探头过去，就看到了那张熟悉的脸。我知道，以他的能力，一定会抓住这个机会继续做大做强，并输出属于自己的方法论，得到更多追随者。尽管现在我已经完全搞不清楚他的主业究竟是做什么，但好像也不太重要。

与其追赶流量，不如让自己成为流量的焦点，这一点牙哥做得很好，只是他火了之后，再也没卖过自己的书。

我以为这本书的营销会在这时候结束，我只需要等待牙哥携新书华丽归来，再重新和他建立联系就好，但策划的心思你别猜，猜来猜去还是不明白，新书没搞头的时候他可能就会开始翻旧账。

就在上周，策划突然发现这本书最近几周的销量已经趋近于零，而作者本人的短视频账号看起来流量很大，那为什么不把他用起来呢？于是他又找到了他的赛博助理——我，要求我再给作者做一个新的零佣金链接，请作者以后尽量在发视频的时候带上。

我以为牙哥至少会专门发布一条视频来推荐自己的

书，然而一周过去了，他只在一条内容无关的视频里挂了这本书的链接，并以四八折的价格销售了仅仅五册。

我实在是好奇，他现在的业务重点究竟是什么呢？点进他的店铺，答案呼之欲出。他总结了一套方法，通过教人如何变现来变现，全套课程"999 元"，包教包会不包分配。

很好，很好，短视频平台变现的终极密码是——卖课，他又给我上了一课。

我相信这个世界上很快又会新增一本他的书，牙哥永远有办法，他永远不会进入滞销书俱乐部。

下 / 与生活短兵相接

@ 我恋禾谷

生于一九五五年的老太太。

用 14389 个字回忆与老伴儿的过往，书写本身
也是在整理内心的秩序。

老伴儿的生平

我的老伴儿是一个比普通更普通的人，谈不到作传，仅在此写写他的生平，以兹纪念。

老伴儿生于一九四七年七月，属猪，卒于二〇一五年二月，享年六十八岁。算起来，他走了也快十年了。

我今年七十岁，记性大不如前，但关于老伴儿的往事却在脑海里越来越清晰。它们每天，不，几乎每时每刻都在不断重现，成为我精神世界的主要活动，只不过有时快乐，有时抑郁，有时感慨，有时悲伤。

1

老伴儿十四岁，父母就离异了。他父亲是个缺少责任感的人，既不要子女，也不给抚养费。老伴儿下面还有三个弟弟、一个妹妹。他母亲身体不好，作为长子，年少的老伴儿不得不和母亲一起担起养家糊口的挑子。

父母离异前，他父亲就很少给家里钱，所以从十二三岁起，老伴儿就混迹于唐山的"黑市"，倒卖粮票、布票、油票、肉票、糖票、烟票。

因为人小、跑不快，有一次他被执法人员逮住，搜身搜出来三十斤全国粮票和十多张烟票，当场被没收，人家看他年龄尚小，未做其他处罚。待到围观的人群散去后，老伴儿没有回家，尾随着执法干部到了一个大门口，大约是工商税务部门。老伴儿不吃不喝，在台阶上坐了几乎一整天。那干部下班，见这小孩还在，终于不忍，把粮票、烟票退还给了老伴儿，让他下次别犯。老伴儿后来常常念叨，感激这位好心人。

上小学时，学校组织学生到附近郊区的公社"学农"，帮农民干点儿薅草之类的活计。收工时，老伴儿从田里偷偷摘了一个大倭瓜，扛着回家，得到婆婆的夸奖。

我们这里属于渤海湾，离大海最近处只有四五十里。夏秋时节，人们喜欢吃一种叫作麻蚶子的海产品，海边的渔民经常用自行车驮着大筐来市区叫卖。老伴儿会一次买下几十斤，婆婆用大铁锅炒一下，让蚶子开口。老伴儿再招呼附近的小玩伴儿们，手工剥出蚶子肉，每剥一斤肉，给他们两分钱。然后老伴儿把这些蚶子肉放进一个稍大的洋瓷盆里，用筐背到街口叫卖，一般一天能挣七八毛钱，运气好时能挣一块多。

赚到钱后，老伴儿会给弟弟妹妹每人买一支"唆了蜜"（棒棒糖），有时也从吹糖人的手里买一支张飞或者大公鸡，拿回家给最小的弟弟吃，剩下的钱交给婆婆。

孤儿寡母的日子无疑是十分艰难的，多亏老伴儿有两个好舅舅帮衬。每到大舅开支的日子，老伴儿就到大舅上班的开滦煤矿门口等着。大舅会先领着他去附近的包子铺买上十几个肉包子，让他趁热吃饱，余下的带回家分给弟弟妹妹。大舅还会给点儿钱，有时两块，有时三块，嘱咐他直接回家，别在半道贪玩把钱弄丢了。

老伴儿喜欢热闹，年少时最爱看街头打把式卖艺的，看人家舞动刀剑、用头磕砖、徒手劈砖，看人家肚子上放一块大石头，一大锤下去，砸得一地破碎。为此他还跑到一个据说颇有名气、会武功的大师那里，学了一年多拳脚，什么金鸡独立、白鹤亮翅、双峰贯耳，都能比画两下。

他最爱的当数街头耍猴。一只穿着小红袄的猴子，在艺人的指挥下，磕头下拜、抱拳作揖、翻跟头、钻火圈。有时，他跟着人家一天看两三场。某次，老师让孩子们写作文，题目是"我长大了干什么"。老伴儿写道："我的理想是能有一只聪明机灵的小猴儿，牵着他四处表演，又快活又赚钱。"气得老师在班上大批特批，说他没正形、没志向，为什么不想当解放军和科学家。

婆婆身体一直不算好，老伴儿断断续续读完小学后，放弃了念初中，上了一个不用花钱的机械类技校。上技校的最后一年，一九六六年，赶上满街红绿走旌旗的年代，同学们拥他做了"司令"。

老伴儿曾背着一书包的公章，四处闹革命，但约莫不到半年，便心生厌倦，不再参加这类活动，回家重操旧业，继续偷偷倒卖票证，也倒卖点儿短缺的实物商品，比如白糖、碱面等。有时他会从附近乡村鼓捣一些瓜果蔬菜驮回城里，赚来家用和弟弟妹妹们的读书钱。

因为社会运动，技校推迟分配，老伴儿二十一岁才被安排去一家生产水泥机械的国企上班，分在瓦木组，后来当了班长，手下管着二十多名工人。多年后，我在他为数不多的一本旧书中，翻到一张三等功荣誉证书。由此想来，老伴儿应该也算是个不错的工人。

2

老伴儿是唐山人，我们那时候称之为城里人，我出身农村，这让我在他面前有时有些小小的自卑。

我和他的婚姻纯属偶然。那天，我家乡的公社书记和大队书记去市里办事。中午下馆子时，遇到两拨人喝高了，打架闹事。恰好老伴儿也在，见他们打得不可开交，便走过去，三拳两脚制服了领头的。一会儿警察来了，把闹事的人全带走了。

两位书记觉得老伴儿这人有点儿意思，便主动上前邀请他到他们那桌，重新添了碗筷和酒菜。三人相谈甚欢，从此结为好友。两位书记后来做了老伴儿和我的媒人。

第一次见面是在我家，他一米七三左右的个头，稍胖，手大脚大，皮肤略显粗糙，模样算不上好看，却也周周正正。我父亲一眼相中，说他长得虎背熊腰（有些夸张），自带福相，言谈朴实，人还勤快——老伴儿一来我家，抄起水扁担，就去挑水了。

那时农村都是在井台打水，我们村的那口水井没有辘轳，要用扁担钩住水桶，从井里提水。这实在是个技术活儿，扁担和钩子之间有一截铁链，铁链一环套一环，是软的，钩子没有套，是开放的，要靠人用手臂在上面左右摆动水桶。这就需要一股巧劲，用力大了，水桶扣在水里，极有可能脱落；用力小了，桶在水上漂浮，也极易脱钩。

老伴儿在城里用的是自来水，没干过这活儿，直接把水桶掉井里了。我们村的水井一般是一年淘一次，清除淤泥，畅通泉眼。但凡谁家的水桶掉到井里，只能等下一次淘井，才能捞出来。尽管第一次给老丈人献殷勤失败了，但我父亲还是喜欢他。

提起他的年龄，一开始，书记说他比我大四岁，那年我二十五，他二十九，我觉着还行，就答应了处处看。他有时来我家，平时大约十来天写一封信，我也都有回信。

处了半年多，张罗定亲那天，书记才说老伴儿其实比我大六岁，还离过婚，但无子女，我就有些不乐意了。

夜里我翻来覆去想自己的爱情之旅：相过三次亲，有人嫌我矮，有人嫌我瘦，有人嫌我是农村的。唉，认命吧，好歹他没嫌弃我。

没承想，拉结婚证时，一看户口本，他的出生日期是一九四七年，比我大八岁。"怎么又出来两岁，你们这都是什么人哪！"一气之下，我说，"不跟你搞了，反正也没睡，拉倒吧。"

　　过了两天，他追到我家，蔫头耷脑的，我父亲有些心疼，跟我说这是命里该着，还是嫁吧。老伴儿私下里悄悄向我赔不是，说这事是他不对，不该撒谎，当初他没想欺瞒，是公社书记支招，说等我俩有了感情，离婚和年龄都不是事儿。我在不情不愿中，随他回市里拉了结婚证。

　　这其中还有一个小插曲。当年拉结婚证要到户口所在地派出所开介绍信。老伴儿上一段婚姻，房子留给了前妻，他的户口迁回了他母亲的户口本上，办理手续时不知怎的漏盖了一个印章。派出所说手续不全，拒绝开介绍信，让他回原籍补办。

　　那派出所的所长和老伴儿是发小，老伴儿求他变通一下，把信先开了，明天就去补那个章。所长说："你先去补，不就晚一天嘛，着什么急啊。"

　　老伴儿一听火了，站在派出所门口的一块大石头上，指着名骂所长，又讲小时候去水库洗澡，所长不慎掉入深水，差点儿淹死，是自己把他救上来的。为了救他，老伴儿小腿磕在石头上，磕出一个大口子，流了不少血，现在还有一个大疤瘌。我得证明一下，老伴儿的左小腿确实有个鹌鹑蛋大小的疤痕。

老伴儿骂所长忘恩负义，王八蛋，不是人，不得好报，连在电影里看到的"八嘎呀路"也骂出来了。在老伴儿的认知里，这几个字大约相当于问候所长的母亲。所里的工作人员不敢围观，最后还是所长出来说："惹不起你，介绍信我给你开了，赶紧走。"

我坐在门前的台阶上看着他表演，心想这人也真逗，明天盖了章再来不一样吗？老伴儿说："不行，今天必须办。"我想，他大概是怕我再变卦。

拉完结婚证，老伴儿给了我三百块彩礼钱，提议拍个结婚照。我说，就咱俩这模样，还是别立此存照了吧。他乖乖地应下，唯恐再出岔子。

接着，我们去逛新市区商场，他给我买了一件毛呢上衣，一件外面是涤卡、里子是人造毛的半身棉衣，还给自己买了一件高领尼龙套头衫和一双三接头皮鞋，那鞋好像花了二十六块四毛钱。

之后几天，老伴儿带我看了好几场电影，《三笑》《卡桑德拉大桥》《不是为了爱情》。闲话时，他给我讲看过的书和电影，有《苔丝》《流浪者》。我虽然是小学教师，但并没有什么文化，小说只看过《第二次握手》《艳阳天》《金光大道》《林海雪原》。我有点儿佩服他，因为他连外国小说和电影都看过。现在想想，他又一次骗了我，其实他也没多少文化，也就比当时的我在某些方面略强那么一点点。

3

一九八○年十一月十六日，我和老伴儿正式举办婚礼。婚房是一间简易抗震房。一九七六年，唐山发生了7·28大地震，房屋尽毁，城区后来新修起来的房子，都是南面开门窗，其余三面砌成单行砖墙，房顶则是油毛毡，这就是抗震房。

婚房里的家具陈设都是老伴儿亲手做的，有大衣柜、小平橱、三屉桌、简易沙发。床是用托人从钢厂收来的废弃铁管打的，下料、焊接、打磨、上漆，每一步他都自己来，连床头喜鹊登枝的图案也是自己画上的。

老伴儿手巧，有一段儿时间迷上了画画，每天画电影艺术家王丹凤的眼睛，只画一只，描摹得相当细腻。老伴儿的单位曾经也做过工艺美术品，把石膏浆灌进模具，做日本仕女塑像，老伴儿专门负责用颜料"开脸"，再涂上清漆。一个个仕女身着和服，足蹬木屐，弯眉细目，朱唇一点，颇具神韵。

当年没什么像样的婚礼，也就是在家里请一个炒菜的大师傅，师傅掌勺，徒弟配菜打下手，一共摆了四桌。婆家共有四间简易抗震房，没有厨房，没有院子，就在屋前窄窄的过道上搭了一个大灶，大灶的烟囱和屋顶离得太近，菜炒到一半，屋顶的油毛毡烧着了，一时间，烟气腾腾，火花噼啪四溅。

幸亏人多，很快就扑灭了。亲友们都找补说，这预示着今后的日子红红火火。我却心生不快，总觉得并非吉兆。老伴儿二弟的媳妇儿，因为当初他们"下乡"，结婚时婆婆没有为两人操办喜宴，心有不平，一边吃饭一边叨叨，从碗里故意往外扒拉饭菜，这也让我很不痛快。

结婚后，我们俩分居两地，我在家乡小镇教书，老伴儿在唐山的厂里做工，相距一百二十里地。星期天，老伴儿来我娘家团聚，日子倒也和顺。

第二年九月四日，儿子在唐山的工人医院出生了。我住了一天院，一共花了十六块六毛，单位给报销。老伴儿借了一辆两个轱辘的人力推车，我头顶蒙着一块带双喜字的枕巾，怀里抱着儿子，坐在车上。老伴儿嘴里唱着印度电影《流浪者》的插曲"阿巴拉古、阿巴拉古"，一路带我飞奔回家。婆婆买了五分钱的香菜，给我煮汤催奶。我的奶水很好，几乎吃一半扔一半。十天后，小家伙就能在床上用肚子来回蹭，把小脑袋高高扬起，很健康。

老伴儿三十四岁，才得了个儿子，因此只要有工夫，就哄着逗着儿子玩，每逢公休和节假日，都要来我娘家看儿子。唐山农村的厕所连着猪圈，用高粱或者玉米秸秆插编成墙，比较矮，是露天的。村里许多人都看见过儿子的小脑袋在厕所墙上方摇动，那是老伴儿小解时将儿子驮在两肩上的缘故。

之后，我依旧在小镇教书，儿子由母亲照看。奇怪的是，孩子竟然水土不服起来，每隔十天半月就要发一次烧，伴有大量疱疹，但只要一回到唐山，不用医治，过两天准好。所以，老伴儿迫切希望我能调到市区教书，可这办起来却十分困难。联系的单位都嫌我中专师范毕业学历低，还是保送的工农兵学员。当然，更主要的是老伴儿没有人脉、没有关系，他一个底层的普通工人，尽管四处求人，钻窟窿盗洞，使尽了浑身解数，到底也没办成。

我只好刻苦读书，考了大专，之后又考了本科。毕业后在朋友的帮助下，总算得以调到市区一所高中教政治。

老伴儿那几年为了给我跑调动手续，经常请假，引起厂领导的不满，受到了批评。老伴儿一气之下辞职不干了，声言：此处不养爷，自有养爷处，处处不养爷，爷爷回家卖白薯。这大概是化用了电影《小兵张嘎》里的台词，电影原话的最后一句是"爷爷投八路"。

4

八十年代初，国家鼓励经商，当时曾有一句顺口溜：十亿人民八亿贩，还有两亿正在练。企事业单位也支持职工下海，保留在编身份，叫作停薪留职。老伴儿辞职，也属于停薪留职一类。

说干就干，他不知从哪里搞来一个废旧的铁皮汽油桶，稍加改装，就成了一个烤白薯的烤炉。桶里面焊了一个铁笼子，上层烤白薯，下层是炉子，烧煤球或者木炭。再焊一个铁框架，底下装四个滚轮，铁桶放架子上，可以推着行走在街口，现烤现卖。

不过，老伴儿并没有真的去卖烤白薯，他把这个烤炉送给了工友，工友的媳妇用了好多年。

那时，大城市和小城市之间，城市和乡村之间，信息极不对称。很多买卖，都是利用信息差做成的。

老伴儿去天津的劝业场商场、北京的王府井百货大楼，排队买裤子、羊毛衫、皮鞋，然后背回唐山，在市区和附近的大集上叫卖。他每次去王府井，都要摸一下门前张秉贵铜像的肩头。张秉贵是著名的全国劳动模范，和王进喜、时传祥一样，非常有名。

那时，人只要胆大敢干，盆满钵满不在话下。老伴儿在唐山附近的镇子上，一天卖过一百多条小纹哔叽裤子，挣了近两百块钱，那会儿我教书的月工资才四十一块五。

到了一九八五年，老伴儿的一个工友开始做古玩生意，听说很赚钱，老伴儿便也骑着一辆"大水管"自行车下到村庄去收货。车的前大梁比较长，管子比较粗，适宜载重，车后架一边绑一个大筐，用来放东西。收货主要收老旧木器、瓷器、铜器、玉件、书画和大洋钱（银元）。

那时还没有古董市场，收到的货要交给市文化局下属的文物商店。别说，他还真收到过好东西，有一个黄花梨的下卷长条案子，是他从一百多里外用自行车驮回家的，车轱辘都压变形了。五百块钱收来的，文物商店给了七百块。后来，他在我姐姐嫁去的那个村大队收到一个明代的黄花梨面条柜，还有一个据说是商代的三足青铜器，不知道是炉是鼎还是釜，略有残缺，外面刻了精美的图案，另外还收过一只明代的鸡缸杯。

那时人们没有什么关于古董的意识，东西要价便宜，一对清代的三百斤青花大胆瓶，最多五十块钱。因为不懂其价值，也就不太珍惜。儿子玩耍时，把一只青花加白大瓶的耳朵踢掉了，老伴儿满不在乎地说，花四十块钱买的，残了也不赔钱，没事。他还收来过一百零几块大洋钱，卖了一万块，就顶高兴了，其中一块好像有一个半圆的张学良头像，还有一块好像是黎元洪的头像。

只要有赚头，这些仨瓜俩枣的，就都卖了。

等到北京潘家园有了古玩市场，老伴儿每个礼拜都会去摆摊儿。他购置了一辆大发牌面包车，雇了一个司机和一个帮忙卖货的。再后来，北京有了好几处古玩城，老伴儿先后在亮马、程田、天雅几个市场租过门脸儿或摊位。

5

有人说，你老伴儿这么早涉足古玩生意，一定挣了很多钱吧，实话说，真没有。究其原因，其一是手里没有多少本钱，始终是小本经营，小打小闹。遇到好东西没钱买，或者是不敢买——万一是假的呢，往往舍不得出大价，真的也当假的买。而且，因为没有钱，东西一到手，只要有赚头立马就出手了。我曾笑他："穷人家养不起十八的大闺女。"

其二是层次低，圈子小，始终进不了高端局。现在想想，归根结底还是目光短浅，没有收藏意识。

其三是老伴儿人不精明，粗心大意，丢失过很多东西。有一套铜钱，正面是康熙通宝，背面是满汉文，一共二十枚，背面的汉字有些老伴儿不认得，让我看过。那二十枚铜钱的汉字连起来是一段诗文，"同福临东江，宣原苏蓟昌，南河宁广浙，台桂陕云漳"，大约是代表各个地方的铸币局。据说，单枚易得，一套难配。这一整套老伴儿用了好几年才终于凑齐，放在一个特制的钱币盒子里，可等到想出手时，盒子尚在，钱币却一个都没有了。他竟不知是在何时何地丢失的。

还有一箱子字画，有本地大家蒋雨浓的荷花、闫德生的竹子，好像还有几张李苦禅之子李燕画的猴子，连箱子带画都不见了。也许是在出摊儿卖货时被盗走了，也许是被卖货的员工偷偷拿走了。多年以后，有人说，看见那名员工在钱币市场上出售老伴儿当年丢失的铜钱。

当然，老伴儿也有些财运。二〇〇六年，我已退休，在北京程田古玩城给他看门店，卖过一个辽代瓷杯，一万美元，当时汇率是一美元兑换七块七毛钱人民币，这个杯子是花一千五百块收到的，等于说挣了七万五千五百块。这是我给他卖货挣得最多的一笔。另外收购的木器、瓷器等也偶有捡漏，每件挣个万八千的，几乎每年都有。

老伴儿是个率性人，尽管出身贫寒，但也不大把钱财太当回事。有了钱便呼朋唤友大吃大喝，不会精打细算，更不要说集腋成裘、聚沙成塔，反而颇有"千金散去还复来"的豪气。不过，豪气归豪气，他却没有这等本事。

一个人散尽家财之后，又能在短时间内重聚，是需要大聪明、大智慧和机遇的。钱财对于这种人，不过是用来交换的筹码。

总的来说，挣了，也都花了，说到积蓄，略胜于无。

老伴儿退休比我早些。二〇〇二年，我和朋友吃饭，朋友的学生作陪，那学生恰是老伴儿当年工厂的人力资源部负责人。在他的帮助下，老伴儿恢复了职工身份，办理了提前退休手续。当时，老伴儿的养老金是每月三百四十块，离世前涨到了二千五百块。

二〇〇九年，古玩市场风光不再。老伴儿看有钱人热衷于收藏仿古红木家具，经营仿古木器的人都发了财，又眼热了。他是木工出身，这块不算外行，说干就干。他卖掉多年存下的一些古董，关了北京的古玩门店，凑出一笔钱，在唐山市郊租了一个大院，又雇了十来个木工，开起仿古木器厂，专门儿用传统手工工艺做红木仿古家具，有八仙桌、案几、圈椅、架子床、罗汉榻等。

工厂经营了五年，前三年把家里的积蓄几乎全填进去了，第四年才略有盈余，第五年已经向好，年前接的订单足够他们忙活大半年的，可惜天不遂人愿。

6

老伴儿是个热爱生活、追求快乐的人，他会画画、滑冰、游泳、跳舞、吹口琴，能吹《花儿为什么这样红》，也会唱歌，不算好，但不跑调，我听他唱过《梁祝》《满怀深情望北京》。我就不行，他常笑我五音不全，所有的歌经我一唱，全是一个调调，高音上不去，低音下不来。

他也是个勤快人，几乎从不闲着，我娘家的板柜、碗橱、饭桌、小凳子，都是他动手做的。

我俩从一起过日子开始，几乎都是他做饭。烙饼、蒸包子、包饺子、炒菜煮汤、炖鱼炖肉，都不在话下。只要在家，老伴儿一大清早就开始忙活，往往等我们起来，饭菜已凉，他再热一遍，不厌其烦。

买菜购物是老伴儿很喜欢干的事情，他不让我去，说我买的东西既贵又不好。我也不愿意跟他去，看不了他碎碎叨叨讨价还价，但凡吃的，都要抓一块儿放在嘴里嚼嚼，我觉得很难堪。

老伴儿嘴馋，总爱吃点儿好的。日子稍有了起色后，家里几乎每顿都有鱼和肉，他尤其喜欢吃牛头肉、牛板筋、羊杂碎、驴板肠。有一次用高压锅煮羊下水，没有盖紧锅盖，里边的汤汤水水全都飞了出来，其中一块羊肠子飞到他脸上，烫红了一大片，过了一个夏天才不见痕迹。

我很讨厌老伴儿吃这些东西。一次，他出门买回一个酱好的狗脑袋，我不让他在家吃，他就拿到店里吃。还有一次他去外地回来，在楼下大声喊我们取东西，儿子下楼拿回三只熏兔。

我说："你爸呢？"

儿子说："我爸有事先走了。"

我说："咱们把兔子都吃了，一只也不留，让他不回家。"

儿子大笑："据我观察，我爸肩膀上还挂着两只呢。"令人啼笑皆非。

我第一次下馆子，是老伴儿带我去回民饭店吃涮羊肉。我嫌膻，只吃了一个烧饼，他要了两斤羊肉全都吃光光，还喝了十四碗啤酒，当时啤酒是两毛钱一碗。

一九九一年，闺女出生，那年头计划生育抓得很紧，闺女是个意外的惊喜。闺女长得好看，成为老伴儿的骄傲，走到哪里，无论亲戚朋友、生人熟人，他都掏出闺女的相片，显摆一番，听人家夸漂亮，心里就美滋滋的。

老伴儿啊，是个顶有人情味儿、知冷知热的人。八十年代，春节回老家看望我父母，面包车里没有空调，他让我脱了棉鞋，把双脚放在他棉衣内的胸口上，我的脚不但能感觉到他的温度，甚至能感觉到他的心跳，一下一下怦怦跳个不停。

我知道老伴儿有过一段短暂婚史，但是从来没有听他提起过前妻。直到老伴儿去世，他的妹妹告诉我，当年两人离婚后，前大嫂心情非常不好，得了严重的慢性病，没有再嫁，有事还是找老伴儿。老伴儿背着我给她钱物，夏天帮她上房铺油毛毡，冬天用人力车给她送蜂窝煤。妹妹还说，前大嫂不几年就郁郁而终，想来也是个苦命的。

老伴儿的父亲与母亲离婚后，辞职去了农村，从来也没有管过孩子，后来老无所依，又回来找儿女们。老伴儿并不记恨他，和他的继姐一起负责父亲的生活费用和饮食起居，为他养老送终，老人家享年七十三岁。

老伴儿三个弟弟中，小弟最不成器，没有工作，整日赌博鬼混，老婆跑了，房子也抵了出去。老伴儿不知替他还了多少次赌债。小弟后来得了口腔癌，也是老伴儿给他交医保，给治病钱、租房钱、暖气费、生活费，直到四年后不治身亡，享年五十四岁，骨灰盒也是我们出钱买的。

老伴儿活得像一道光，赤橙黄绿，脱活跳跃，热气腾腾。我和老伴儿生活的三十五年，除了有两次出了交通事故，他从未看过大夫，也没吃过药打过针，极少的感冒，也是挺挺就过去了，他说是药三分毒，尽量不吃。

他六十六岁生日前一天，去大集买菜，经过卖大蒜的地摊儿边，踩碎了一头蒜。摊主是个年轻小伙子，不依不饶非要老伴儿赔他一块钱，老伴儿说五毛，双方争执不下，小伙子吓唬老伴儿说要打他。老伴儿飞起一脚，把小伙子踹出好几步远。小伙子爬起来说："你这老东西，我不跟你一般见识，不用赔了，你走吧。"老伴儿扔下五毛钱走了。其实他也不在乎那五毛钱，他就是这么个脾气，一辈子不认输、不服软。

说了这么多，都是老伴儿的好处，其实他也有不少缺点。他很不讲究，有点儿邋遢。每天早上刷牙，从来记不住哪个是他的牙刷，随手拿起来就用。擦脸擦脚的毛巾，也是随手抓，并且屡教不改。害得我和闺女儿子都把洁具放在另一个柜子里，只给他留一个杯子、一支牙刷和两条毛巾，但我们有时也会疏忽。我曾经说，再看见他用别人的毛巾，用一次罚十块钱，罚了三四次后，我懒得玩了，也就随他去。

老伴儿藏私房钱，有时卖东西挣了钱不说，还嘱咐身边人"别告诉你嫂子"。

他好酒，每顿都喝，喝啤酒，也喝白酒，但极少喝醉，没有耍过酒疯。他年轻时抽烟，每天一盒，好像是"希尔顿"。四十多岁戒烟成功后，他跟我吹嘘："老婆你看，没有我办不成的事，我啥都能戒，如果你对我不好，不定哪天，我连你都戒了。"

他去世的前一年，戒了二十多年的烟瘾又犯了，毫无节制，每天抽三四盒，抽"云烟""黄山"，也抽旱烟，还让我帮他卷。

我怀疑老伴儿曾经出轨。一九九二年，我在老家教过的一个学生来看望我。女孩上学时文科很好，尤其是作文，据说高考时，她的作文分数在河北省考生中名列前茅，但数学外语不行，差了十几分，与大学失之交臂。

她见老伴儿有饭店，也卖古董，就要求留下来打工，我没有答应，劝她复课，明年再考一次。回去两天后，她和她父亲再次上门，带了不少农村土特产，还送了老伴儿两瓶西凤酒。面对父女俩的恳求，我心软了。

最初她就住在我们家，白天和老伴儿一起去饭店。冬季来临时，我给她织过两条毛裤，一条细线，一条粗线。

大约两个月后，我发现家里儿子闺女的零食陆续少了些，老伴儿平时不吃这些东西，我怀疑是他拿给了女孩。此时，我已经不教书了，在机关当公务员。我的一个同事去老伴儿的饭店吃饭，发现老伴儿在包间吹口琴，女孩就陪在他身旁。我每天上班走得早，老伴儿和女孩走得晚，他俩有独处时间。

我从单位拿回一个小型录音机，偷偷放在女孩房间的隐蔽处，录了三天。回放录音，没有发现实质性的行为，但他们的对话颇暧昧。

后来女孩搬去饭店住，我悄悄和一名员工打听。员工说女孩在饭店好吃懒做，整天哼哼唧唧，打扮得窈窈袅袅，病西施一般，偶尔还写首诗，老伴儿也不管她。实际上，这个女孩长得不美，小头小脸，还有点儿黑。

我直接问过老伴儿，他指天画地赌咒发誓，坚决不承认，说若有此事，天打五雷轰，但就是不肯辞退女孩。

女孩有时在饭店，有时跟着老伴儿卖古玩，也跟着应酬，在店里干了四年多。后来，她跟一个有钱的古董商走了，做了人家的"三儿"。再后来，听老家人说，女孩在市区买了房子，四十多岁仍单身，之后就没消息了。

那女孩是一九七二生人，算算现在五十多了。我的直觉告诉我，女孩和老伴儿肯定有事。这成为我多年的心理阴影，现在想起来都不舒服。

那一年，我曾想过离婚，他跟儿子发誓，除非丧偶，绝不分手，还处处讨好巴结我的父母。我没有原谅他，只能凑合。后来老了，心软了，这事也就过去了。

7

老伴儿去世前，上牙床还有十颗整牙、一颗半截的，下牙床有一颗整的、三颗残的。缺了这么多牙齿，没有一颗是在医院拔掉的，他觉着牙活动了、没用了，就自己用手来回摇动，生生薅下来。老伴儿曾经把一颗拿给我看，整颗牙齿连根有两厘米多长，基本无损，仔细看有个小眼儿。

老伴儿的古董圈子里有个牙医朋友，主动说给他镶一副满口假牙，条件是要老伴儿送一对民国唐山瓷胆瓶。老伴儿不答应，说自己不用镶牙，就这样挺好的。

五十来岁时，老伴儿身体逐渐发福，体重一度超过两百三十斤。他也不在乎，该吃甜吃甜，该吃香吃香，一顿早餐，有时吃五个煮鸡蛋，一杯豆浆加两大勺白糖。因为胖，人们都管他叫弥勒佛，说他福大命大造化大。我也一直以为老伴儿是个命大的人。

他出过三次车祸。第一次，轿车倒扣在路边的排水沟里，幸亏是初冬，沟里没水。三人合力打开车门，老伴儿从沟里爬上岸，拍打拍打满身的泥土，活动活动四肢，摇晃摇晃脑袋，没事儿!

第二次，老伴儿和司机都睡着了，面包车摇摇晃晃驶入逆行道，撞在一辆大货车的车身中间。据说，附近医院接到交警通知，有重大交通事故，几个大夫跑着下楼，在门口等候接诊。我赶到医院时，老伴儿在抢救室躺着，满头是血，不省人事。大夫让我看看是不是家人，我只看了一眼那又粗又大的手脚，就确定是他。

一会儿，老伴儿醒来，做了全身CT、核磁、超声波等检查。简直是奇迹，内脏和骨头都无大碍，只头部有三处皮外伤，一共缝了十三针。在医院住了三天，尽管胸部还很痛，但他不顾医生劝阻，坚持出院。万幸的是，司机也只轻微擦伤。

第三次，一天夜里老伴儿与朋友喝了酒，想开车回家，车停在饭馆门口时，后面的车辆顶到他车上，他膝盖受伤，被送去骨科医院。

一开始大夫说要做手术，全面检查后，发现老伴儿有严重的冠心病。经过会诊，大夫认为，手术风险太大。他跟我说："大姐，你不是医生，不知道他的心脏病有多严重。这么说吧，你丈夫随时可能出事，一出事就是大事。膝盖受的伤先别管了，顶多就是走路有点儿瘸，赶紧到专科医院进一步检查，治疗冠心病吧。"

老伴儿说，医院总是吓唬人，别听他们的。于是也没转院，直接回了他的小作坊，坐着轮椅指挥工人干活，生怕耽误了买卖。

老伴儿的腿被鉴定为九级伤残，他去世后，肇事方赔付金到账，两万四千元。实际上，当时他的病已经很严重了，他也是有感觉的，比如胸闷、气短、心慌、后背疼。但他全然不当回事儿，顶多去药店买些复方丹参滴丸吃。不舒服了，就含几粒速效救心丸。

医生的话是对的，一年后，老伴儿出事了。

8

二〇一五年二月十日，农历腊月二十二，老伴儿早早起来，说要去老刘家。老刘是老伴儿认识了五六年的朋友，我也和他一起吃过两次饭。

老刘在老伴儿的木器厂定做了二十多万元的红木家

具，陆陆续续付的账，还差一万多块钱。

家具摆放在老刘家有暖气的房间，干热导致局部开裂，因此后面欠的尾款，老刘就想赖掉。老伴儿没同意，只答应重新刮泥子打蜡进行修补。那天老伴儿去老刘家，一是想看看家具开裂的程度，趁工人还在给修修，二是把尾款在年前结清。

我劝他说："家具开裂了，人家还能给吗？要不就算了，大过年的，别再把你气个好歹的。"

"开裂是因为他们家有暖气，空气干燥，木料是他跟着亲自从市场挑选的，我只负责加工，裂了也不赖我们，他必须得给钱。"老伴儿说。

临出门时他又嘱咐道："把我昨天吃剩的梨和苹果放在冰箱里，别扔了，晚上回来我吃。"这些水果是我昨天晚上给他洗净削好的，依着我是要扔掉的，老伴儿不让，那就放冰箱吧，反正他肠胃极好，吃啥也不闹肚子。

刚走一会儿，他又回来，说厂里只有一个炒锅，不够用，家里有个大的，平时也用不着，说完便提着大炒锅欢天喜地往出走。走到门口他又叮叮："今天要完账，给工人开支放假，明天就去批发市场买年货，今年都买好的，我也不省着了，招呼弟弟妹妹，一起好好过个年。"

我那时已经从单位退休，经营着一个加工包装盒的小作坊，雇了几个妇女糊盒子。

上午，我在店里和工人赶做一批活儿，忽然接到闺女的电话。闺女告诉我，刚才有自称唐山公安的人来电话，说她爸出事儿了。闺女焦急地问她爸在不在。

我说："你爸好着呢，早上出门要账去了，你接的准是诈骗电话，别理他。"

也就过了两三分钟，我接到一个陌生电话，对方说是派出所的，老伴儿发病了。

我在电话里说："怎么不打 120 送医院！"

对方把地址给我，说："你赶快过来吧，见面再说。"

这时儿子也来敲门，说派出所来电话，通知说他爸出事儿了。

我和儿子打车匆匆赶往出事的地点，大约二十分钟后，来到一个小区五楼的一户人家，那正是老伴儿去讨债的老刘家。

进门一看，老伴儿仰面躺在客厅地板上，四肢摊开，胳膊和口鼻处挂着输液、输氧装置。一位穿白大褂的医生说，他们十点四十五分接到急救电话，十分钟便赶到了现场。这些医疗设备是挂上准备施救的，但人已经不行了。

我跪在地板上，摸了摸老伴儿的脸和手，还是热乎的。我趴在他心口，用那一侧好耳朵听了听，没有心跳。我还是想送医院，试着抢救一下，但大夫说："不行了，没救了。"

我坐在地上，仰头问老刘怎么回事。

老刘说："大哥敲门进屋坐下，说要看看家具开裂的

程度，下午让工人来修。我给大哥倒了杯水，说：'大哥，你看家具都开裂了，你给我修好，剩下的钱就别要了。'

"大哥从兜里摸出一个小瓷瓶儿，倒出几粒药丸放嘴里。我问怎么啦，大哥说心脏不舒服，吃点儿药。

"我就坐在大哥桌对面，看他喝水。我问怎么样，好些吗，大哥没有答应。这时我发现他的脑袋耷拉了。

"我赶紧站起来，拍拍大哥的肩膀，问怎么啦、怎么啦。我看大哥这是出事儿了、犯病了，赶紧叫120。一会儿车就来了，大夫看完说人不行了，事情就是这样。"

老刘很有心眼儿，不但打了120，还打了110，又打了医院太平间的电话。我赶到时，门口站着两人，扶着担架推车，准备抬尸体。屋内有两名警察，警察说："你看，情况你们也都了解了，这屋里有暖气，太热，尸体放时间长了不好，其他的事以后再说吧。"

我说："这可不行，我得通知老伴儿的弟弟妹妹过来看一眼。"

等到妹妹妹夫、弟弟弟媳、外甥，还有我哥都到了。我对老刘说："我老伴儿是来你这里看家具要账，对吧？"

老刘矢口否认："我和大哥的账早就结清了，一分钱也不欠。我订了二十多万的家具，会差他那一万多块钱吗？简直是笑话。"

我的心里乱糟糟的，不知道该如何往下说。妹夫对我说："嫂子，咱们走，让他看着办。"弟媳妇说："我去找个冷气机，放大哥身边。"

老刘一听急眼了："干什么，大过年的人死在家里，我们够倒霉了，你们这是还想讹我呀。"

弟弟妹妹们见老刘不说人话，扑过去想揍他，有人抄起桌子上的茶具，有人扔啤酒瓶子。

两个警察拦在他们面前，把老刘挡在身后，手举警官证，大声说："我是警察，不要袭警，不要袭警……"

我本来是想和亲戚们商量商量该如何处理，但见场面乱七八糟，老伴儿躺在地板上，脸色已变得更加惨白，感觉心如刀绞。我在心里快速权衡，如果坚决不让动遗体，这钱是肯定能要到手的，但我不能让老伴儿在这里没有尊严地躺着，更不忍心用老伴儿的遗体作为讨债的筹码，不就是一万多块钱嘛，我不要了。

我坐在老伴儿身旁的地板上，从他的衣兜里掏出各种证件、银行卡，还有一万多块钱的现金，大声说："都别闹了，让你们的大哥安安静静地走吧！这事我做主了。"

我打开房门，等候在门口的人进来，将老伴儿的尸体抬上担架车推走，我也跟了出去。回眸的一瞬间，我分明看见两名警察擦着脸上的汗，吐出一口粗气，也分明看见老刘的脸上闪过一丝不易察觉的窃喜。

两天后，老伴儿火化，时年六十七岁六个月零二十七天。我分别花了八千八百元和一万八千元买了骨灰盒和墓地。老伴儿的单位给了四万多的抚恤金和丧葬费。

小小的水泥池穴，成为老伴儿的新家。我为他放了二十八枚硬币，放了他用过的放大镜、开瓶器、指甲刀，放了一双旧拖鞋、家里和商店的所有钥匙，还放了一个MP3播放器，里面录制了他生前最喜欢听的《梁祝》《葬花吟》等四十多首歌曲。

亲戚们非常不满，指责我草率怯懦。外面有人说我们家都是傻×，人死在老刘家，怎么也讹他个十万八万的。

我懒得解释，他们愿意咋说就咋说吧。

9

我和老伴儿共同生活了三十五年，虽说不上举案齐眉、恩爱有加，却也算和睦。他比我大，知道让着我。

三十五年里，我们有一日三餐中沉淀下来的不离不弃，有共同生活中生成的理解和默契，虽然也有分歧、有争执，甚至吵架，但他已经成为我生活的一部分、生命的一部分。当命运的手术刀强行切割，切过骨骼、血管、肌肉、神经，那种撕心裂肺的痛是无法用语言和文字表述的，更何况没有有效的麻醉剂。

倏忽间，老伴儿已经走了近十年。我还是低估了离别的不适，低估了在漫长岁月里积累起来的召唤的力量。每当夜幕降临，我像幽灵一样在各个房间里游荡，他说过的每一句话、每一个词，都在黑暗中闪着亮光。

我和老伴儿晚年基本都不外出。以前夜里睡得迷迷糊糊，伸手一摸，总有老伴儿在身边。现在每次醒来，他都不在，空空荡荡，只有手机闪着冷光，打开看看，里面有他的照片。我禁不住想：他在哪儿啊？那边冷吗？

闺蜜二姐说："你看你，比十八守寡的还来劲，你有劳保，日子又不愁。"她哪里懂得，十八岁的寡妇，尚有大把的岁月，可以改嫁，再谈一次，甚至两次三次恋爱，而一个六十岁的老寡妇还有机会吗？就算有，在这人人想索取、不愿付出、互相算计的黄昏恋中，敢嫁吗？

有同事问我，快十年了，还想他吗？

怎能不想呢？

想刚结婚那时，我常常就他关于婚史和年龄的欺骗行为进行讨伐。开始他还有点儿愧疚，后来就没脸了，只要我一提，他就唱评剧《刘巧儿》：

想不到年迈人又做新郎

……

你看我穿的本是绫罗绸缎，

腰里装的净是大洋钱。

……

他一边唱，还一边学老地主王寿昌一瘸一拐颤颤巍巍的样子。我气得把一只空碗扣在他脑袋上，碗掉下来，一地碎片，他一边打扫一边接着唱，一副无赖样。

想那两地分居时，老伴儿夏季在我家休探亲假。村东有一条弯弯的小河，我教书的学校就在河边。老伴儿常下水，或洗澡，或摸鱼，其实没有摸到过鱼，经常摸到蛤蜊。

有一次，他摸到一只螃蟹，拿回家烧火煮熟，举着让我妈吃。我妈说："我没牙，你吃吧。"他就自己剥蟹壳，吃蟹肉，连最小的爪尖儿也要抠着吃干净，边吃边遗憾村里没卖啤酒的。一只小河蟹，吃成了大餐。

我妈悄悄跟我说："长得五大三粗，也快奔四十了，怎么像个孩子呢？"

怎能不想呢？

想他睡觉时的呼噜呼噜，想他吃饭时的吧唧吧唧，想他数钱时得意而专注的眼神，想他手指间淡淡的烟草味，想他浓浓的唐山老呔儿口音，想他吹牛时的夸张嘚瑟。

老伴儿啊，你听我絮絮叨叨说了这么多，还说了那么多坏话，连你的隐私都说了，是不是不高兴？可你就是这样一个人，在这个世界上，有谁比我更了解你呢？

你赡养老人，生儿育女，作为人类繁衍延续链条上的一环，已经完成了使命，人一辈一辈不都是这么来、这么去的吗？来时，没有天显异象，走时，也没有星斗坠落，你就是一个地地道道的普通人。

老伴儿，等着我。不要着急，我慢慢说，你慢慢听；我慢慢写，你慢慢看，总有相见的一天。

@ Casualah

〇〇后大学生，家中唯一随奶奶姓的福建女孩。

写下奶奶如大江般的一生，希望大家能记住，
奶奶的名字叫黄梅英。

梅英的一条大江

洋口

一九三八年，梅英出生在莆田一个普通农户家里。一九四四年，梅英六岁，父亲病逝，母亲改嫁，伯父将形影相吊的梅英带去了洋口。洋口是水路交通枢纽，而梅英则是吃饭的那张"口"。

从莆田去到洋口的那天下午，天暗摸摸的，梅英望着江中自己的倒影，无悲无喜，偶尔天落下几滴雨或有鱼跃出江面，才使她脸上荡漾出一点神情。梅英的伯父立身船头，与往来的艄排公互相招呼。往常众人碰面只问又载了多少木头，今日，除了一根根敦实的木头，他们注意到层层堆叠的木头山脚下，还坐着个面孔陌生的小姑娘。

凡是有艄排公问："那是你什么人？"

伯父便朝梅英抬两抬下巴，梅英心领神会地开口："亲侄女！"说这话时，梅英会下意识攥紧衣裤，那是她声音的着力点，回话从被攥紧的衣裤上一跃而起，梅英抻直脖颈，双眼亮晶晶的，一开口铿锵有力。直到如今，梅英说起"亲侄女"三个字，也还是双眼明亮，口齿清晰。

江风把吵闹声吹进了伯母的耳朵里。小脚女人一手执着儿子，一手执着给丈夫的粮米与烧酒，站在他平时泊船的位置。岸上还有好些同样等待的女人，她们的丈夫是顺流而下到福州做木材生意的艄排公，常常需要半个来月宿在搭棚安灶的排筏上，因此妻子就在丈夫泊船洋口时，为丈夫重新整理行装。洋口位于闽江上游的闽北山区，吃山水的，靠山水的，自古盛产木材。这些木材除了少数由陆路运输外，基本都以排筏运输的形式运到福州，再经福州运销全国各地。

镇里人说闽江没有鱼虾，只有水鬼，"下南洋"失败的人全在闽江里。闽江就像一头巨兽被剖开的肠子，肠液里漂浮着尸块、烂木、垃圾。那些人自己漂泊无依了，也要让活着的人再无立足之地，于是乘着水流将自己连骨带肉一起剐擦向闽江的南北两岸。那些小脚妇人站立的位置，时间久了土质渐渐稀松软烂。上游与下游是艄排家庭的两端，丈夫是江水之上的排筏，江水一时平静无波，一时浪涛汹涌，他们始终拥有掌舵命运的权利；妻子是泥地之下的小脚，她们站在江边泥足深陷，只有等待丈夫以及逐年累月的冲刷。

伯母临江而立，望着越来越近的丈夫的船，嘴里一刻不停地嗑着瓜子。泊船了，伯父牵着梅英的手将她送到伯母跟前，两人头一次见面。伯母在其他亲戚的闲言碎语里是个奇怪的人，她讨厌伲囝^①，这是一种带着恐惧的讨厌，就如同过病气一样，她觉得伲囝会将自己的气息过给她，过进她肚子里，让她生不出娘哦^②。但伯母对梅英的讨厌，除了她是个伲囝外，还因为梅英那双平安健康的天足，她知道无论自己生多少个娘哦、做多叻巴的劳马^③，她都只会被叫作小脚婆。梅英很少见到那样绞缠的三寸金莲，她是天足，身边的女人们，她的依妈、依姑、依姨，没有谁的脚长成那样，看起来没有血肉，只剩形状。

伯母不言不语，沉默地啐着瓜子壳，这瓜子壳啐得极有水平，既啐不到梅英脸上，也啐不到梅英衣上，可梅英仍感觉落了满头满尾的瓜子壳。梅英又一次抻直了脖颈，先是看见伯母镰刀似的眉毛，再是她的眼、鼻子、嘴唇。其实，除了眉毛，伯母的其余五官都较为鲁钝，梅英觉得，那其余的钝，是叫眉毛给刮削后无可奈何的钝。

伯父夫妻两个互相交代了几句话，妻子将行装递给丈夫，父亲摸了摸儿子的头，载着一船木头继续往福州去了。

"跟来。"伯母唤道。她牵起小堂哥的手径直往回走，落在母子俩身后的，是越来越浅的泥脚印、稀稀拉拉的瓜

---

① 福州话，小女孩。
② 福州话，小男孩。
③ 福州话，指努力的媳妇。

子壳，还有背着全部身家的梅英。母子俩的泥脚印和瓜子壳往前面伸，梅英一脚泥印、一脚瓜子壳地在后面跟。小堂哥时不时好奇地回过头，以至于走到后来，伯母从牵着他变成了拖着他，梅英前头传来"沙沙沙"磨鞋底的声音。伯母似乎也嫌儿子走得太慢，干脆抱起他，一手圈着，另一只手正骨似的扭过他的下巴。梅英没想到，那双小脚踏步比猫还要安静，竟能走得那样快。她只好小跑，不然就连瓜子壳的影子都要把她远远甩开了。

伯父家的门大敞着，左右两扇门上贴了门神，朱漆的底色像从地狱蹿出的猩红火舌。秦琼与尉迟恭手持利器，上吊的眼，翕张的鼻，下撇的嘴，好似随时就要掠走谁。伯母抱着小堂哥岿然不动立在中间，始终嗑着瓜子，待梅英从她的余光里跑近眼前，便朝梅英抬两抬下巴："叫依哥。"莆田话和福州话差别很大，梅英念的"依哥"就像嘴被石头绊住，听起来更像"一沟"或是"一锅"。伯母又扭过头朝角落里的扫帚抬两抬下巴，道："扫完来食饭。"便回身没入晦暗的巷弄子了。

此后，伯母只当家里买进了一个丫头。

伯父一到福州去卖木头，就要逢年过节才回来，一般正月十五就又出去了。沿江这一带的家庭多是做此类生意。伯母常喊邻里来家里一起打个牌，小堂哥要念书，早早困觉去了，只留梅英一人侍奉跟前，梅英年纪太小，能做的都是琐碎杂活。她没来时，伯母按人头往桌上放几只碗，瓜子壳花生皮丢碗里，现下伯母便只顾全心全意地玩。等牌局打得差不多了，伯母便朝梅英抬两抬下巴，妇人们沉默地看小梅英扫一地的残余，称心一笑，明天再来。

夜里，伯母总有一声"跟来"。她从前没有过这样的享受，第一次使唤一个人为自己捶腿扇风，语调里颇有一种脚步虚浮的兴奋，嘴角未动，眉毛却替它先弯了。月色从窗子的缝隙挤进来，跌到白色蚊帐上。梅英睡意蒙眬地为伯母捶着腿，头一点，立刻被伯母揪住眼皮。她猛地惊醒，悚然望见蚊帐孔隙里零星挂着的蚊子尸体，干巴巴的血迹散落在伯母的目光所辖处，那些蚊子简直像是被她的眉毛给劈杀的。

待到梅英大了一些，饭量渐渐变得讨嫌，曾经伯母在牌桌上与邻里的妇人提起她，是得意地嫌："吃得比猫崽还少，怕我们家真的养不起她，多养几只才好。"如今，她像囡囵吞吃了伯母话中的那些猫崽，一并将其饭量占为己有。伯母真正嫌起她了，将她赶去屋子后面的荒地，种菜补偿。那块荒地并不怎么大，土质却比梅英还要枯瘦。梅英求伯母再养几只鸡，好培一培这土，伯母答应了她的请求，买来鸡仔、猪仔，说："养死了就把这些噇央①丢进汝房里，等汝伯父回来，让伊自己去搞。"

"噇央"是梅英最熟悉的一个词，这个词阴魂不散地

---

① 福州话，短命鬼。

盘旋在伯父家的屋顶。伯父匆匆来去的几个月后，梅英偶尔能在为伯母倒尿桶的清晨看到噇央。腥臭的肉团在尿液里沉浮，被光照到时会折射出一种无声无息的红色腻光。梅英很怕，所以总是走得很快，有时尿液不小心洒出来，伯母的眉毛瞬间如开了刃一般，想要血、想要肉、想要溅起一摊红。而那些平安落地大声啼哭的，便会成为她的依哥，无论年纪多小，梅英都要叫"依哥"，伯母觉得这样叫能使娘哦活得比梅英长命，然而他们最后还是早夭了。

梅英给我模仿伯母说这句话时，和蔼的面庞突然变得凶神恶煞起来，手指摆出老福州人干骂的手势，像一把虚握着的枪，弹夹里空空如也，却能上膛，打出惊天动地的响声。

说回来，梅英想要这几只鸡的因由，是想要这几只鸡分一半饭食予她。

初到伯母家时，梅英不算白皙，却是虾油年糕一般瓷实，在地里干活久了，整日整日地晒，人也如年糕失水一般皱缩了，一条手臂抓上去，只抓得到皮，抓不到肉。

鸡仔猪仔与梅英同在地里，地边扎了一圈篱笆，是梅英给一家王姓邻居帮了好些天工得来的。扎篱笆的时候，王家女儿冬香也一起来了。

从此，梅英有了朋友，漂泊无依的魂再次扎根。

两个小女孩亲密无间，梅英羡慕冬香识字、会针线，冬香就在放学后做起梅英的小老师。两人同吃同睡，甚至在关鸡仔猪仔的篱笆旁用干稻草搭了一间稻草屋。搭屋前，冬香偷偷拎了家里的工具来，俩人清扫完粪土，又把稻草堆打理了一通。梅英没做过这活，心里想的是从前春节前家里大扫除，父亲会将她举过头顶去擦一扇窗，母亲会执着她的手一同扫地，他们仨把整个家从头到尾抹一遍，依旧精神抖擞。此刻，梅英像把抹布甩进水盆里一般，将自己甩进稻草堆，水盆里映出了一轮圆圆的月亮。

出太阳的日子，地里总有一抹瘦削的身影，梅英弯腰的样子如一株熟透的水稻，金黄油亮。伯母立在屋檐的荫蔽里，用那双带着两弯镰刀眉毛的眼远远地盯梢。伯母看梅英的仪式永远是稍稍抬起下颌，把头侧到一边，只拿眯缝里的一点余光瞥她，永远将她往小了瞥，小得一无是处。所以，梅英更喜欢那些让伯母一靠近就要掩帕子的牲畜，梅英给它们切菜煮潲，清扫遍地粪土的篱院，带着它们漫山遍野疯耍。鸡的眼、猪的眼，都是睁圆睁亮了看梅英，在它们眼里，她大得顶天立地。

一九五七年，许许多多的妇女乘着浪涛澎湃的中国妇女运动进入学堂，得到了工作岗位。

梅英在商业局工作后，认识了鹰夏铁路物资供应所管理员，莲地。他是闽侯甘蔗人，父亲是富农，家中经常请短工长工，而莲地宁愿学手艺也不想当农民。自十五岁起莲地便跟着一个师傅学做线面，吃穿住用全是师傅家拿，只是没有工钱。他出师没几年，中国解放了，线面买卖属于商业，莲地就被派遣到洋口的鹰夏铁路物资局。

莲地长了一张意气风发的脸，打扮得仔细，大背头和背带裤沾了他的这份生动，也变得神采飞扬，直到他老、他死，乃至一切都反过来，由人穿衣变作衣穿人，他仍念着当初这份英姿。莲地对梅英很有好感，相较他的人，梅英更熟悉他的嘴，物资供应所的各个角落都能听见这张嘴里的乾坤万象。

那正是自由恋爱风靡的时代，而爱情一词是漂洋过海的舶来品，中国历史上没有这个词，只有传闻、传说、传奇，才子佳人却传不出"爱情"。中国人的爱情更像是一出《聊斋志异》，它显影于一些人的嘴里、一些人的耳朵里，风吹草动之时，闹鬼一样。

梅英向来是坚定的唯物主义者，不相信有鬼。

但就像梅英六岁那年的那阵江风，伯母隔了这么远也听到了。婚丧嫁娶是人生大事，伯母无法定夺，便劝伯父。伯父对她的话是沙里淘金，几夜几夜的啰唆里，唯独一句"梅英和隔壁王家女儿冬香情似姐妹"入了心。伯父咬不了文嚼不了字，但他往来福州洋口，知晓人与人之间的感情还有一种叫作"契兄弟"的关系，于是听从了伯母的建议，把梅英嫁给了莲地。

甘蔗

梅英二十一岁，从洋口嫁到了闽侯的甘蔗[①]，可她的人生并没有真如甘蔗一样变得甜蜜。

一九六〇年，梅英和莲地都因为政治成分被商业局除名。

莲地从出生起就没做过农活，只会在商业局里意气风发，一到了地里，就变作一无是处。莲地只好让梅英连生五个孩子，两女三男，薄薄的肚皮钻出来一大家子人。

怀到第五个孩子的时候，梅英与莲地商量，前四个都已经随了他姓，第五个就跟她姓吧。莲地答应得好好的，还说无论这一个是男是女，都和梅英姓。等到孩子降生，男孩，莲地当即反悔，借口是四个随他姓，寓意不吉利，要梅英再生一个才能和她姓。梅英不允，再没生一个孩子。

莲地不会想到，即使再怎样趋吉避凶，他仍是比梅英先走一步。在他离去二十多年后，梅英的第五个孩子做主让自己的孩子跟了梅英姓。这个名字永永远远栖在了莲地的墓碑上，无论阳光曝晒、雨水浇淋，还是植物在碑的缝隙里生根，它都不曾消损。

世人都说日子应该朝前看，清明节却是一个回头的日子。年年清明，梅英都要和从她肚子里繁衍出来的满堂子

---

① 今福州市闽侯县甘蔗街道。

孙一起上山扫墓。她当然不是来同骨化形销的莲地说体己话的，她是来看莲地墓碑上"程"姓人堆里那探出脑袋的"黄"——这是属于梅英的胜利。

待幺儿能够说话走路，莲地就去附近的乡下卖线面，梅英终于得以从屋子里走出来。

甘蔗虽叫"甘蔗"，街道路旁还是榕树多，甘蔗都种在生产队的地里。梅英住的那间屋子，窗外也有榕树，枝丫到处卡溜①，溜得遮天蔽日不满意，还要溜进梅英的屋子里。有时，梅英给小孩喂奶，痛得坐不起，就用右手抓住那节枝丫，借力将自己拖起。

屋子里的光都是被榕叶缝隙筛下的绿，阳光一来，汹涌的绿涛就仿佛开了闸的湖水，在屋子里横冲直撞，梅英从这间屋里走出的时候，整个人像被绿给腌过。莲地不在，梅英就将自己通身化为榕树，从她身体里浮出的气根攥紧了五个孩子、早中晚饭、生产队的工作。

单是生产队的工作，养不活五个孩子，梅英便在深夜里偷偷种地。她也害怕，但害怕的时候就想起冬香，嘴里默念冬香教过的课文，一个人顿时就有了两缕灵魂做伴。

莲地家是个大家族，几家人的木屋并在一起，类似四合院，每家人的厅堂屏风后都有一间停放棺材的小屋。木屋老旧，莲地家那间旁边挤挨着一棵大榕树，榕树根搂抱

---

① 福州话，散步。

得太用力，挤碎了一些地板砖和木墙，远远看像栖着一只绿色的大蜘蛛并它黑棕色的蛛网，网缠绞木屋，攀爬得到处都是，也许哪时整个木屋就给它吃去了。房子进进出出很多人，梅英不会做饭，只煮过溲水，来了甘蔗后，学邻居做地瓜饭。这里的人总喜欢端了碗站在自家门口吃饭，比较好拱趴①，这是一天中最惬意、大家脾气最好的时刻。五个小孩也喜欢端着碗到处走，经常是家里没有东西拌饭了，就满屋乱串，串到叔伯姑婆面前，猫崽似的绕着大人的腿打转，听得一声"甲"，碗里便有了一两粒咸橄榄或龙眼做配。如果遇上捞蟛蜞的时节，兴许还有蟛蜞酱吃。嘴里有了配菜，眼睛却还是馋，他们便又端着碗到村头或是祠堂，那里有闽剧看。梅英闲暇时也会带着他们一同看，拿上几把木凳，再带上自己做的茯苓糕和赶猫等零嘴。望着台上咿咿呀呀的戏曲演员，小孩们偶尔也会装模作样地学两句，更多时候是把唱戏当杂技。大段大段的唱词他们不喜欢，起霸、跳台、鹞子翻身这样的绝技才能得到他们拍掌大叫。闽剧是福州的地方戏，戏曲演员的演唱、念白用的都是文读的福州话。梅英半懂不懂，她将看戏当作一种学习福州话的方式，觉得闽剧既可以娱乐自己，也可以哄孩子睡觉。

这五个孩子同为"少"字辈，寄托了莲地当初的那份

---

① 福州话，聊天。

意气风发。这里的人平时不会直呼孩子大名，把人叫得贱一些，更长命。所以，五个孩子从长到幼分别被叫作小鹰、小怡、小鸿、小晴、小鹏。

老五年龄最小，胆量也最小，天暗下来，走到哪里都要有人陪，因为惧怕厅堂屏风后停放的棺材。夜晚，月亮暗摸摸的，犹如套了一层灯罩，罩上有蚊虫的尸体，干巴巴地糊死。月亮坍缩成了棺材上的烛火。

一到傍晚，逝者尚未下葬的人家就开始敲锣打鼓。梅英与小鹏，一大一小，一前一后，踩着哀乐的拍子，推开老旧的木门，跨过松动的门槛，往人堆里走。一只飞蛾从小鹏跟前飞过，翅膀纹路像一双忧伤的眼睛，与之对视，"双眼"即刻扑落泪滴似的磷粉。两人经过霉湿的空气，在寂静里溅出响声，每一响都像从阴世幽幽地飘荡回来。

这是福州习俗，为了那些听天由命"下南洋"的人而改变的习俗，一家人必须汇集在一起齐整得像全家福，亡人才能下葬。当时两岸关系紧张，金门炮响，福建发展不起来，当地人或走线或偷渡，悄无声息地去了南洋。活着的人衣锦还乡，许多年以后，以南洋风情的匾额上的"某某衍派""某某传芳"和代表着福建成功人士的歌曲《爱拼才会赢》回报故土。另一些人，在许多年以前似巨龟般拖家带口游向南洋，顶着饥饿与热带病艰苦谋生，终于蛀空了自己，客死他乡，百年后坟冢里的血肉被雨水冲刷殆尽，如巨龟的空壳破土隆起。

那些落地生根的证明，亦是落叶无根的证明。亡者与亡者，墓碑与墓碑，今生遥遥相望。忧伤的棺材都在等，等一入大海不回头的人。

这年，临近春节的时候，冬香突然来了，是一个到闽侯卖货的舢排公将她顺水带过来的。

冬香告诉梅英，她出嫁没多久，她伯父就将儿子带走了，丢下伯母一个人自生自灭，如今伯母想见梅英一面。

梅英沉默很久，招呼冬香先去家里吃饭。

太阳收了起来，雨又晾出来，冬香望着梅英的背影，仿若看到她的一家七口人，丈夫和孩子围着这株梅花拖扯拉拽，想要她鲜红的落英。

俩人走着走着，渐渐步调一致。离木屋越近，梅英越恐惧，被榕树缠绞的木屋和伯母的小脚多么相似。她伸出右手，还是发绿的掌心，就像这只"绿蛛"的血。

小孩和地瓜一起被梅英托给了邻居，五个小孩，五个地瓜。冬香也吃这地瓜，做成地瓜粥，甜甜的、糯糯的，吃不出有没有眼泪不小心落下。梅英将早上抹过的桌子又抹了一遍，从头到脚，冬香端着碗，眼睛跟着她从桌面到桌脚。冬香说地瓜粥像没牙口的老头老太吃的，不应该叫地瓜粥，应该叫依姆①粥。

梅英终于在哭腔里笑出来。冬香站起身，从锅里舀了

---

① 福州话，对老年女性的称呼。

一碗粥，端给梅英，俩人喝着依姆粥，好像就要这样相看到老。

第二天，她们乘着熟人的船回洋口。梅英的右手始终低垂，轻轻抚过江面。闽江以这短短的一截水浇灌她，洋口到甘蔗，甘蔗到洋口，她感激，同时胆战，天地会不会就这么短、这么小。

终于见到伯母，梅英吃了一惊，倒不是因为她的景况——从前光彩照人的旗袍也好，现在污黑打褶的旗袍也好，穿在她身上依旧是固若刀鞘，而是因为曾经锃亮的镰刀眉毛如今却是钝了、锈了，再不能刮削那张脸。

也是一九六〇年，一群人将伯母从高墙深院赶去冬香和梅英一起搭的稻草屋里。伯母就此疯了，谁的可怜她都不要，她受不了被人可怜，可等到夜里又偷偷把这些可怜、有棱有角的可怜剐进胃里，痛得大哭。

伯母唤梅英到她面前，将仅剩的一把刀簪戴在梅英发间，道："我要带着这双脚走回去。"

话毕，伯母死去了，带着自己那双小脚无声无息地走了，最后一眼停在梅英的脚上，没来得及合目。

梅英不敢摸伯母的眼睛，怕摸到眉毛，在伯母的注视下，她的人生会被彻底刀刻斧凿。她生了五个孩子，人生断成了六节，五节是母亲，一节是妻子，没有哪节是梅英。她仿佛只剩粘连在刀上的肉碎骨渣。伯母临死之前注视着她双脚的眼神让她惊惧，但如果命运的刀带走了她，那她就要从刀的表面继续生长，直到长出一个刀状的自己。

冬香要帮伯母合眼，却被梅英战栗地抓住，梅英嘴里念着闽剧《侯官女人》的唱词。唱词里的福州话很柔很轻，比抚过闽江的右手还要轻。

又过了一段时间，梅英收到一封冬香寄来的信，信的内容很短，开头是"我会一直记到你"，结尾是"我同丈夫去槟城做生意了"。两句话隔得很开，中间的部分又脏又皱，像是下过雨的湿烂土地，更像是一条浑浊的大江，把"我会一直记到你"留在此岸，把"我同丈夫去槟城做生意了"带去彼岸。梅英不知道槟城具体在哪，但那一定是在南洋。

多年以后，梅英为我再次拿出信，才第一次知道，原来那个亲似姐妹的人去了马来西亚。于她而言，无论是在信里的那条大江，还是信外的马来西亚，冬香都消失了，从此杳无音信。

大历

大历这个地方很小，似鸡脚下的一粒尘埃，梅英的大历却很大，她像盘古开天地一般，在这一隅之地抻开自己的手脚。

一九七四年，莲地和梅英决定搬到更乡下的地方，因为口粮不够他们七口人的了。

当时实行严格的户籍管理制度，居民落户后才有相对应的粮食份额。莲地在闽北的大历有位做粮站站长的朋友，落户的事很顺利地办了下来，一家七口北移。莲地仍做线面，用从粮站分配来的米面做好成品后大部分交回粮站，留下的小部分偷偷卖，补贴家用。莲地做线面时，梅英要打下手，深夜一两点起床，在似雪的米面空气里做到中午十二点，再拖着板车去砍柴。砍整棵树要罚款，只能爬上树，樵些树枝。一次，梅英一脚踏空，从树上摔下来，被一根残枝从腹部捅了进去，剩余半截则捅在土地里。梅英的呼吸几乎要被捅断了，她忍痛斩断那截插在土中的残枝，然后拖着板车，踩着血往回走，像撒了一路梅花瓣。

夫妻俩再没回过甘蔗，沁甜的甘蔗味如曾经浓厚的福州腔一样渐渐淡了。

福建方言，隔座村就多有不同，何况从闽东到闽北。洋口虽在闽北，却因为抗战时期未遭袭击，大批福州人奔逃至此，往后便被叫作"小福州"，说的方言也都是福州话。可是大历方言属于建瓯话，梅英不会说、听不懂。在陌生的语言环境里，人就退化成了动物，喜怒哀乐只能依靠夸张的肢体动作。梅英被从福州话的土壤里连根拔起，掉落的土块草荏是她的不适应。

邻里之间吵架时，梅英经常放下手里的事，专门站在出租房的门口听。无论什么方言，学脏话总是最快，福州话像嘴里含了沙，大历话则像嘴里插了刀，很难听，刀刀见血。但梅英需要这些刀刀见血，她不断往血的深处生根，时不时抽出一些清苦的枝条。一贫如洗的生活里要用到脏话的地方数不胜数，特别是她与莲地之间。

两个人离得太近，梅英只能看见莲地漠冷冷的眼、耸动的鼻、下撇的嘴，总之看得见的地方都惹她生厌。等她站远了，望见全貌，他又化作面目模糊一团死物似的黑影。

莲地脾气不好，像他的名字，他不是出淤泥而不染的莲花，他是莲地。家里的小孩被他抽来打去是理所应当的。莲地用手里的鞭子抽打男孩们，尤其是最贪玩的小鸿，总出现在他的鞭子底下，甚至是捆了绳吊起来打，打得邻里都把自家小孩叫过去看。杀鸡儆猴，在场的没一个人识得这个词，却无一例外都做了这件事。莲地用身体的鞭子抽打女孩们，只是这抽打不可以有任何观众，极为隐秘，每每发生在梅英出门的时候。小怡、小晴营养不良，心智倒是早熟，细胳膊瘦腿的女孩被她们的父亲追着赶着催熟。莲地把自己当年被批斗的那套流程攘进身体里，口中罗列罪行，眼里透露兴奋，手上甩出鞭子，将人打为牲畜。施力的鞭子和受力的孩子互相绞在一起，简直要绞缠至死，莲地却觉得这一鞭子一鞭子挞下去，会使人返璞归真。

为此，梅英与莲地发生过无数次大吵，甚至想过离婚，但在那时，离婚是天大的事，如果梅英离了婚，不仅要承受邻里乡亲的鄙夷，还要独自一人承担起五个孩子的吃穿，梅英能够承受，却无法承担。这些吵终究不是鞭子，莲地还是行使着一切理所应当的权威，所以梅英也拿起了她的理所应当，父亲用鞭子教育孩子，母亲则用刀保护孩子。

那日午间，屋外的空气被烈日烫得跳脚，屋内寂寂无声，莲地躺在竹椅上休憩，穿堂风扑进来。小怡、小晴刚放学，望见父亲休憩，远远地就放慢脚步，一路踮脚，去厨房准备中午饭。那寂寂无声盛纳在一只碗里，碗摔碎了，莲地立刻坐起来，仿佛刚刚的休憩就是为这一刻的坐起。他下意识地四处找鞭子，姐妹俩惊恐万分，慌忙去抓那碎片，抓了一手血。

不知是嗅到了血味，还是应了惨叫的呼唤，邻居扯上自己的小孩围上来，但他们马上被一双手推开，是梅英。她的手不仅推开了冷漠观看的人群，还朝莲地的方向直直掷了一把刀，是一把从她头上抽出的刀簪。

抗战时期，福州的女性将刀作为发簪，既可以自卫，保护自己的肉体，又可以自戕，保护自己的尊严。梅英的刀如她被斩断的人生一样，被用来生产，被用来切菜，没有一把真正属于她，所以她在每把刀上生长，血和泪此时此刻化作杀向莲地的刀。

莲地躲不过，莲地怎么可能躲得过，那一刀被他用手臂挡下，他的身体立刻落了一场滂沱大雨，雨的颜色是血色，雨的声音是福州话。莲地远远望着头发散乱、双眼赤红的梅英，痛骂她是系伲麻①，要杀人。围观的邻居顿时作鸟兽散，身上不停掉落"啧啧啧"的声音。

后来的一个多月，莲地消失得无影无踪。

没了吵架和打骂声，这个家有条不紊地运作着，放学后小怡、小晴照常烧饭，剩下的几个去山上帮梅英挑猪草、砍柴。莲地原来是那颗使机器齿轮卡壳的螺丝钉。

后来得知，莲地一个人回了闽侯老家，本来只有到每年的九月二十八日，大大小小们才会回去过节。这个小气的福州佬是回去散播梅英坏话的。

一九七七年，梅英和莲地决定凑钱买下一栋房子。本地人排外，租房三年，苦头吃了不少，临了，明明七百来块标价的房子，得拿出一千来块才作数。需要多添的钱，梅英和莲地商讨了几分钟，目光落到小怡身上。这个家中最大的女儿时年十七，正正好够出嫁的岁数。

小怡被通知要嫁给本地一个酒鬼，因为他拿得出六百八十块礼金，她没吭一声。梅英与莲地站在那土生土长的大历木房子前，想等乔迁之喜和于归之喜，然而却没等着。酒鬼带着一大家子人，站在新对联前，骂得不堪入耳。

小怡跑了。待她再次踏入这个无情无义的家，已是同自己的第一任丈夫和第一个孩子一起。三个互相扶持的

---

① 福州话，神经病。

人，站得稳当。

又过几年，小晴也到了十七岁。有了大姐逃婚的先例，她想也没想，直接跟恋爱对象私奔了，私奔的目的地是对方房间，两人如愿奉子成婚。梅英至今无法理解，她心里眼里第一乖的小女儿，宁愿奉子成婚都不愿让她择婿。

隔年，长子小鹰终于结婚了。如弥补梅英的遗憾一般，小鹰的第一任妻子是梅英伯姨的外孙女，两人既无血缘，也谈不上感情，儿媳妇家有钱为女儿的疾病兜底，梅英家愿意接纳精神病。直到小鹰闹起来，两人最终离婚，留下一个五岁的幼儿。

一九九三年，粮票制度取消，梅英与莲地顺应时代做了个体户，依旧是卖线面。莲地做甩手掌柜，只要每天有肉吃。梅英管归管，却少了经济头脑，人还越来越迷信，觉得子女们的婚姻不幸，是房子风水不好，法事做了不少，自然影响到了莲地的饮食，争吵在所难免。不过，此时的两人争吵亦不复往昔，他们仿佛两颗受潮的打火石，再碰撞不出惹眼的火星。

二〇〇〇年世纪之交，从闽侯过节回来的莲地，吃什么吐什么，上医院检查才发现，是胃癌，已至晚期。拢共不过两个月，莲地就走了，一辈子吃喝只想着自己的人饿着肚子走掉了。那年梅英六十二岁，还能用扁挑担起两桶潲水。大多数认识莲地的亲属邻里都将这当作喜丧，起码他没有老到牙齿咬不动，去到地下，还可以继续享香火、吃冥币买的食物，莲地在阳世阴世都不会亏待自己。

梅英说："老头子也淌进闽江了。"

她伸出两根食指，顺着眼睛滑下，假装有泪滑过。我看着她假鬼假怪的样子，不禁笑出声。

她始终保留着物质匮乏时期的习惯，没有电就点煤油灯，没有米饭就吃地瓜饱腹，没有日历就绳结记事。闽江就像梅英挂在墙上的那些刺手的麻绳，梅英的闽江上有三个绳结，洋口、甘蔗、大历，她在每一个绳结之上耕作，江水入海处，有她瘦削挺立的身影。

如今，梅英已经老得养不了鸡鸭、挑不动潲水，可仍要种菜，是种菜养活了她。梅英的手沾满了泥土，她的生命就像一条凝于掌纹中的大江，随着岁月丰枯，自顾自流淌。

梅英，是我的奶奶，她与我是这个大家庭里相当特别的存在，挨挨挤挤十几口的"程"里，我是唯一和她拥有相同姓氏的人。在与莲地的决斗中，她活了下来。她把她的姓给我，把她温暖干燥的爱给我，把她吃素念经的运给我，我握住她递来的手，那只手上褶皱深深，像她心口的裂痕。冬日里，她喜欢把躺椅支在门口的树下，边晒太阳边打毛线，很快就睡去。她总说自己已经很老很老了，可阳光又渐渐使她的脸上长出几片初生的叶。

@ 庄迅执干戈以舞

喜欢傩面具的湘西土家族人。

几年前开启了一项"寻找傩法师"的行走计划，
一直持续至今。

何金治师傅

1

二〇二〇年夏天的一个早晨，我在一个陌生的村口下车，顺着一条小溪往里走，沿路打听一位上了年纪的傩法师。最后，我在一片苎麻地里找到了他，我朝他喊："何师傅，是何金治师傅吗？"

他转过身，满脸笑容，右手拿着柴刀，头上还戴着头灯，显然是在天亮之前就出门干活了。

我赶紧介绍自己："何师傅，我对傩文化特别感兴趣，我是慈利县的，咱们离得很近。我最近在做一个'寻找傩法师'的计划，您这里就是我的第二站，昨天去拜访了邹英师傅，就住在他家里，是他向我推荐了您。刚刚我就是坐他的车到村口的，邹师傅今天又去别人家还傩愿了。"

"好好好，"何师傅特别高兴，"走，我们去家里坐。"

何师傅和邹师傅都是傩法师。在湘西群山之中的农村，活跃着这样的人群，他们在各乡镇间游走，替人消灾，为人祈福，沟通神界与凡间。在这一带，他们最常做的一种法事叫作"还傩愿"。

还傩愿，源自对傩神的信仰，村民们遇到困难自己解决不了，就会求助于傩神。如果渡过了难关，他们便坚信是得到了傩神的帮助，会举行一次酬谢活动。但普通村民是不能通神的，得请傩法师到家里，替自己去完成这件事。

"傩法师"是一个总的称谓，不同的地方有不一样的叫法。在湘西一带，傩法师被称作"老司"。何师傅，就是一位老司。越厉害的老司，通常请他办事的人也越多，但何师傅年纪大了，又没有车，出行很不方便，所以现在很少有外边的人来请他。

他和老伴儿一起生活，孩子们都在别处安了家，只有逢年过节才回老家住几天。他俩把生活过得很好，何师傅出门干活的时候，老伴儿饶奶奶就在家里做饭。

早餐过后，太阳已经升起来，夏日的阳光很烈，他就和饶奶奶一起在堂屋里干活。他们配合着将那些芋麻的皮分离出来，挂在屋外的绳子上晾晒。每逢赶集，他们就把这些运到镇上去卖，十块五一斤。

下午，他俩又去到另一个屋子制作扫帚。屋子里堆满了竹枝，何师傅将这些竹枝砍断，饶奶奶就按不同的规格，将竹枝分类捆绑，扎成扫帚。他们的扫帚卖二十元一把。

制作流程就像工厂的流水线，一个下午，就在这样不断地重复中过去。天黑之后，他们各自洗漱，然后走进房间，打开电视机。

何师傅说："一天要对得住一天，一生中就只有这么一天。"

2

何师傅生于一九四六年。小时候，他的学习成绩非常好，但因为父亲存在"政治问题"，上到初中就被学校开除了，直到现在，终是觉得遗憾，他是想继续上学的。离开学校之后，他回到家里，结婚，生了四个孩子。

何师傅四十三岁那年才开始学傩。他的师父有一身本领，但晚年过得并不好，因为儿子不孝顺。那时候，何师傅经常去看望这位老人，老人很喜欢他，收他做了徒弟。

四十三岁才开始学一门技艺，算是很晚了，但何师傅继承了父亲的文艺基因，能唱能跳，又能识字，很快便能上手。而想要做一个老司，光有这些能力仍然不够，还有大量的文本需要逐一背诵。于是，何师傅白天在山上干活，晚上就在老婆面前背。两个人面对面站着，老婆像老师那样拿着本子，何师傅有时背不出，老婆偏不给他提示，叫他自己想。

何师傅说："当时真是在拼命地学，现在想起来都后怕，因为如果不拼命，就挣不到钱，没法养四个孩子。"

他们那时经常帮人去还傩愿，他总是去得特别早，到了就提前布置道场。等师父或同事过来，道场已经基本布置完成。他说："我从来都不跟别人争好歹，只是做事的时候就拼命做。"

还傩愿通常要连续进行一天一夜，仪式的第一部分是"请神"，最后一部分是"送神"，中间部分最有意思，是"娱神"，也就是唱傩戏的环节。老司们戴着面具在人群中唱跳，唱着些不文不明的荤段子，观众们的哄笑声一波接着一波。

据说，只要让观众开心，神仙就会开心，神仙一开心，事就好办了。"那时候，你去求什么，神仙都会答应你。"

或许是被何师傅做事的态度打动，我很想留下一些他的声音，于是我说："何师傅，我想给您录一点声音，就是您平时在还傩愿的时候唱的那些，您想唱哪个段子都可以。现在唱这些的人越来越少，我想录下您的声音，也好让后辈能够听到。"

何师傅很高兴，但又有些难为情。

"您想唱什么都行，只要是您想留下来的。"

他有些犹豫了。

我说："我知道，傩戏唱的有些是痞话。让您把这些留下来，给后人去听，也许您觉得不太体面，但这正是我们的传统，是一代一代传下来的东西。国家现在也开始重视推广，把这些归为非物质文化遗产，希望能够有更多人学习。您想，为什么这些东西被留下来了？因为老百姓都爱听啊，那就是一些大家都知道但平时不好意思说的事情，都是最真实的生活。"

何师傅似乎也觉得是这样，终于同意了。他找出锣鼓，往椅子上一挂，准备开唱——

> 叫我唱歌就唱歌，
> 叫我打鱼就下河。
> 唱歌不怕歌师傅，
> 打鱼不怕烂岩壳。
> ……

他也算豁出去了，刚开始还有些紧张，唱过两首之后，就慢慢放开了。那天晚上，他一共唱了七首，其中有一首是土地公公的唱段，是对男子娶老婆的忠告：

> 土地婆，土地婆，土地婆娘我有两三个。
> 大妈还好，二妈还和，就是一个三妈不松火①。
> 堂客多了，就是一个祸，把我硬是整得莫奈何。
> 二妈常常对我说，大妈和三妈都德祸。

---

① 不好对付。

大妈是一个跛屁股，三妈是一个荄儿壳。

只要公公跟着我，天天让你有酒喝，坐着帮你倒杯茶，睡着帮你盖被窝。

只有三妈不松火，横又横，恶又恶，她一把扯住我的小家伙，我作死地挣，怎么挣也挣不脱。

奉劝世人讨老婆，你莫狗吃牛屎，只凑多。

到计划离开的时间了，临走前，我想让何师傅在本子上留个言。他找来一支许久未用的破毛笔，写下一句"寻找傩文化，精神是可嘉"。写完这句后，他停了很久，又慢慢运笔。

有缘千里来遇着，

无缘就会来错过。

晚生在家宿一晚，

相处一会情谊多。

3

半个月后，我给何师傅发去了一张音乐专辑的链接，专辑名就叫《何金治傩歌选集》。他应该很高兴，当天就分享到了朋友圈。如今再回看他的朋友圈主页，那条分享一直在置顶位置。即使链接早已失效，它还是被留在那里。

一年之后的某天，我突然收到何师傅发来的微信："庄迅，还好吗？好久没有联系，现在事业有成了吗？世上无难事，只怕有心人。"过了一年，我又收到他的一条微信："庄迅，上班了吗？有心人一定能成功。"

当我再次见他，时间已经来到二〇二四年，一晃四年过去了。

这次我们见面的地点是另一位老司的家里，那天他们正在做一场叫作"和神"的法事，意思是把各路神仙请到家里热闹一下，然后派一些兵将出去，替主人揽活。

几十年前，老司是很吃香的，每年腊月，还傩愿的法事都是一场接一场。那时何师傅出一次门，往往要二十几天才有机会回家。这期间，每天只能抽空睡觉。

我曾经见过一位老司，凌晨三点，明明已经坐在那里睡着了，手中的两个小鼓槌却还在敲打，时急时缓，时而又突然停住。这位师傅在睡梦中操控鼓槌，竟也能与其他的乐手完美配合。

以前还傩愿，附近的乡亲们都会来围观，如今不同了，人们都用上了手机，手机上精彩的内容太多，传统活动也就失去了吸引力，再加上现在提倡科学，于是越来越多的年轻人不再谈论它。老司想靠这门手艺活下去，变得越来越难，只好求助于神仙，希望来年会有更多的人请他们去还傩愿。

何师傅已经七十八岁，在这次"和神"法事上，他不再唱跳，都交给更年轻的老司去做。他只是在角落里敲锣打鼓，这样不会消耗太多体力。

法事在傍晚的时候结束，吃过饭，我便跟着何师傅一同回家。走着走着，路过一座小庙，我提议上去烧个香。说来也巧，那座庙正是何师傅主持修建的，里面供奉着玉皇大帝、观音菩萨，还有一尊主祭神很有趣，叫"看猪婆婆"，这也是我第一次见到，据说她负责管理牲畜，能保佑信众家里的猪儿都肥肥胖胖。

常言道，"修庙容易，保庙难"，何师傅深以为然。他说："修庙，不是把庙修好就完了，如果修好之后没有人去上香，这是很糟糕的事。别人供奉给菩萨的钱，也是一分都不能自己用的，只能用于这个庙。你看，这个台阶就是我今年修的，用香火钱修的。"

从小庙离开，再走十分钟，就到了何师傅家。再一次走进他的家门，先看到了饶奶奶。她还是老样子，笑容满面地迎接我。再看他们屋里的格局，也没有变动，忽然像是回到了四年前，亲切，又让人感慨。

那晚，我们一起看《包青天》。能和老人一起看这种老电视剧，感觉实在是很棒。后来我发现，他俩都在椅子上睡着了。

他们每晚都会看电视，但剧情没有那么重要。他们只是习惯了入夜之后将电视机打开，这样家里不至于太冷清。

4

第二天一早，天还没亮，他们已经起床，戴上头灯，开始各忙各的。很快我就找不到何师傅的踪影了，直到天全亮，才见他从外面回来，推着一辆小车，里面装着瓦片。他说刚刚去看望了九十七岁的母亲，顺便拖些东西回来。

将瓦片卸下，他又拿起锄头朝屋子旁边走去，那里有一小片菜地，何师傅要给菜苗松土。整个早晨，饶奶奶都在厨房里忙上忙下，我事先说过，不用为我特意做菜，像平时一样就行。她说好。结果到了开饭的时候，小饭桌都摆满了，有腊肉、猪头肉、香肠，还有一钵魔芋炖牛肉。

我吃得有些忐忑，但也十分饱足，这乡间的吃食味道实在太美了。早餐过后，我在屋里稍作休息，他俩却没有停下手，等我再次走出房间，老人家已经将厨房收拾干净，何师傅也早就到对面清理河道去了。

我赶紧出门，在一座小桥下找到了他。前段时间河流涨水，杂草树枝堆积在河道中阻碍了水流，水漫出河道，流进了旁边的玉米地。何师傅将垃圾一点点清出来，费了好多力气。

回家的路旁，有不少野生的麻叶，何师傅挥刀砍下来，说用这些喂鱼非常好。到家何师傅也没歇着，又拿起锄头出门了，这次他要去对面挖地，我也跟了过去。他干活的效率着实令人惊叹，只一小会儿，就挖了很大一片。

可还没挖半小时，天就下起了雨，只好提前收工。我猜想，要不是因为我，他应该还会冒雨再挖一会儿，他是怕我淋雨才那么早收工的。

回到家我问他："现在下雨了，准备干吗？"

他回答得理所当然："扎扫帚啊。"

于是，我又看到了同四年前一样的场景。我搬来一把椅子，也在那屋里坐下，和他们聊天，偶尔还要躲避从何师傅刀锋下飞过来的竹屑。

我问何师傅有什么梦想，他想了想，说："以前的梦想是坐飞机，已经实现了，现在就只想着如何过好晚年。"

何师傅又说到他有三件事很满足：一是生育满足，他有两儿两女；二是事业满足，老司这个职业让他能讨到吃，也让他去了很多地方；三是婚姻满足，七八十岁了，他和老伴儿还过得很好。

我问何师傅有没有徒弟？手艺有没有人继承？他说没有。因为挣不到钱，年轻人压力又大。虽然有两个儿子，但他们对这些东西都没有兴趣，也就没跟儿子提过。

那天下午，何师傅从箱子里找出一个破旧的线装本子，我一翻，不得了，里面记的都是符咒，各种各样的符与咒。这可是我一直想学却没机会学的东西。我粗略看了一下，只觉得记录得实在详细，比如紫薇讳，我之前是有所了解的，也曾有一位师傅教我画过，但和这个本子上的一对比，就看到了差别。

一张符，从上往下，由很多个符号组成，每一个符号的每一笔，本子上都记了与之相对应的咒语，并且是以很规整的毛笔字写的。本子里记录的符，有斩鬼的、安胎的、止痛的，还有一种叫滴血合同符。

据我所知，符咒这种东西，非得有师父传授，否则光画一个图案，没有任何作用。我也知道，这不是想学就能学的，所以不敢过分奢求，只当是翻着看看，长些见识。何师傅说，这些记录实在来之不易，那时候他白天要干活，都是天黑之后一次一次地把师傅请到家里，一点点请教，最后才得来的。

何师傅说："这都是看家的东西，很多师父是不会随便教人的，他们宁愿带进土里，也不教给别人。"

我有些心痛。那么多智慧、经验，就这样消失了，但也表示能够理解。

何师傅说："这得看缘分，看有没有那个缘。"

我在心里问自己，我会是那个合适的人吗？我能担起这份责任吗？如果我学了，会经常使用吗？我是否只是想拿它当一个光环呢？

我不敢保证，绝对不敢保证。

虽是这样想着，我却没有管住自己的嘴巴，它已经提前发声了："何师傅，我做您的徒弟吧，您愿意传给我吗？我会认真学好的。"

说出这话后，我自己被吓了一跳。何师傅也愣了一下，没有直接回答。

5

次日早晨，我要走了，吃饭时何师傅没有主动说话。吃完要离开厨房前，他走到我身边说："你过来，我传你一些东西。"

我突然很紧张，这时他又说："昨晚我躺在床上想了一晚上。"至此，我好像有些明白他的意思了。

在屋里坐下之后，他叫我拿出笔和纸，他说一句，我就记一句。后来他直接说："我来给你写吧，这些东西，也是我师父帮我写下来的。"

我把钢笔递给他，他却坚持要用毛笔。蘸好墨汁，他开始写了，开头是："拜请师尊余太灵、商玄德、何法旺、何法真、弟子有请、速将来临。"这是请师，不管做什么，请师都是第一步。

他继续写着，先写一个符号，然后再写一段咒语，同时不忘提醒我："这个东西你拍照可以，但不能发到网上去。"

我说："好！"

收徒这件事，何师傅同意了，但还需要征得阴间先师们的同意才算数。他帮我抄完请师的咒语后，带我进到了堂屋。

在神龛之下，他开始点香烧纸，口中念着些什么，随后拿起五雷令牌，往神桌上敲下去，接着又拿起竹卦，抛向地面。两个竹片在地上弹起又落下，翻了几个跟头，最后定格——一正一反。这是胜卦！最好的卦象。也就是说，先师们同意我入门了。

何师傅迅速将卦片捡起放回原处，又拿起牛角号，急步走到大门外，我紧随其后。他朝向对面的群山站立，定了两秒，然后抬手，仰头，发力——牛角号被吹响了，一连吹了三次，声音在清晨的山间回荡。

我知道，他是在给天上地下所有的师傅、所有的神怪发出通知，他是在告诉他们，现在有一个叫庄迅的徒弟，在跟着他学习这些东西了。

@ 流浪的牛奶糊涂涂

〇〇后留德学生。

偶然接到写悼词的委托,为四十五个陌生人写过
悼词,从中窥见了很多普通人波澜起伏的一生。

渡口来信

六月末的德国，空气中还是掺了些许凉气。我坐在柏林大教堂前看着远方的落日熔金，有一搭没一搭地翻着在路上被塞到怀里的杂志。直到最后一丝余晖消失，我收到了小茅的信息。

"这两天有时间吗？能不能帮我写份悼词？"

我有些愣住，仔细想了想这号人，往上翻了翻聊天记录。上次联系已然是一两年前，当时他找我整理竞聘资料，最后的对话停留在我给他发的一句"恭喜"，此后我们只是留在彼此的好友列表里，再无联系。

可这次的委托是悼词啊。

四个月来，我几乎每周都要写两篇悼词，有父亲委托我写给儿子，有孙子委托我写给把自己从小带到大的外祖父，还有人要告别血浓于水的姐姐。帮别人写悼词实属意料之外，坚持写了三十多篇也在我意料之外，一开始我只想赚点儿零花钱，却没想到由此窥见了很多普通人波澜起伏的人生。

1

我写的第一份悼词，委托人是一个保安。

说起来我们也算有缘分，高中时我参加省里的作文比赛。家离参赛点太远，我前一晚住在了周边的酒店。当时正值春末夏初，我困得迷迷瞪瞪，早上到了参赛学校才发现忘了带复赛准赛证。他是那所学校的保安，看我在门口不知所措，一遍遍打电话，便操着一口并不地道的青岛话问我："小嫚儿，怎么了，怎么皱着个眉头？"

许是时间紧张加上无措让我不得不对着面前唯一的长辈说明缘由，即使我并不认为他能帮到我。他听完唤来他的儿子——我后来叫他大志。保安大叔问我住的酒店在哪儿，让大志骑着小电驴带我去取。

那时我十六岁，不善言辞，感动浮升在胸腔，但除了"谢谢"其他什么也说不出来。我一路沉默着坐在小电驴后座上。

拿到准赛证往回赶时，大志抄了近路，让我抓紧点儿。我拽住他淡蓝色的 T 恤，阳光与香皂混合的气息扑面而来，我心想，他妈妈一定是个爱干净的人。

作文比赛结束已是日上三竿，学校在城阳区，周边的小摊并不多，我绕着校园走到一条小道尽头才找到家卖水果的。我买了西瓜和几个桃子往保安室走，探头探脑地往里张望，大叔发现了我，热情地招手让我进去。

我把水果塞在他手里，他爽朗地拍拍我的肩："闺女，多大点儿事，这么客气干啥。"我不好意思地表达了谢意，往周围扫了一圈，大志应该已经走了。

大叔看着我的眼神，立刻知道我在找谁，解释道："大志今天休息，给我送完饭就去图书馆学习了。还有两个月高考，他紧张着嘞，他这心态真还得练。你等着，我叫他回来。"

我正喝水，听了忙把头摇得跟拨浪鼓一样，又没有什么事，把一个快要高考的人叫来干吗。

不过，大志看着不像会紧张的人。

大叔说，他想学医，很怕去不了理想的学校，每天早五晚十就是为了能跑到高考的"出口"。"他这半年紧张，俺也跟着紧张，不知道他咋就对医生感兴趣了，跑出去他才能安心吧。"

大叔转头问我吃没吃饭，我不好意思地说还没来得及，一会儿就去吃。

"来，闺女，一起吃，别嫌弃，大志做的我也吃不完，你尝尝他这打卤面的手艺。"

我赶忙推托，但几番拉扯后还是败下阵来。也可能真是饿了，我接过大叔递过来的一碗瓷瓷实实的面，手捧着哧溜哧溜往嘴里吸溜面条。这面应该是用了二三两肥多瘦少的猪肉炝锅，再放进大块土豆一起焖煮的，还加了青岛人家里常吃的竹节虾。面条煮得刚好，糯软中带着丝丝韧劲，嚼起来释放甘甜，酱油的咸和虾子的鲜互为辉映。

大叔比我吃得还香，把碗底的汤也喝了个干净。吃完面，他一边笑眯眯地听我有些夸张地夸赞大志，一边打开风扇切了片西瓜。一提起大志，他脸上的笑纹都皱在了一起。他一定很爱儿子，我想着。大叔是个有意思的人，打开话匣子，跟我说了些他们父子俩的故事。

啃完西瓜，时间也不早了，我擦了擦手，跟大叔告别，临走时互相加了微信。这是一段意外的缘分，走出去时我还在感叹，今天真是太好的一天。

出了门，我不知不觉走进了旁边的文具店，找了一张喜欢的明信片，买下来，抽出笔写了一段话又返回保安室。大叔有点儿惊讶，但看到明信片又一脸了然，跟我说会转交给大志的。

我写给大志的话，出自博尔赫斯的《短歌》："人生岁月不哀凄，还有梦境与黎明。"还有一句，是我的祝愿："高考之日，就是你的黎明之时，冲啊大志哥。"

2

七年过去，我没有成为作家，也没有读曾经想读的文学或新闻专业。

我去德国读了大学和研究生，尝试在不同领域可劲折腾，不知道什么时候能毕业。我还在课余时间成了一个小写手，赚些生活和旅行费用，作为背包客去探索地球上未到过的角落：从小众的波罗的海，到遭遇战争冲突的巴尔干半岛；乘帆漂荡在意大利漫长的海岸线，坐火车穿越荒凉的哈萨克斯坦，再到非洲。这与我曾经设想的人生轨迹大相径庭，但好像也还不错。

大志倒是在他十八岁时的理想道路上越走越顺，他顺利学了医学专业，还是在某重点大学读的八年一贯制。我并没有大志的微信，过了那个微妙的时间点，我不知道该用什么理由加他，只能从大叔的朋友圈得知他的一些动态，并总在看到关于他的动态时让笑意抵达眼底，每年借着过年的由头给爷俩送上真诚的祝福。

保安大叔看着我出国留学、独当一面，不时在我朋友圈留言，末了还不忘像所有长辈一样竖起大拇指。我总是回给他一个拥抱和笑脸。

"大叔祝你拥有更多深刻和疯狂的记忆，好好享受你的二十二岁，小姑娘。"这是二〇二三年我生日发朋友圈时他的留言，我总觉得那是大志代写的，无论语气，还是表情，都有大志的影子。

我看着大志考上医学院，看着大叔离开保安室，开了自己的小店，看着他说来青岛二十多年终于买了房子，不用租房了。我们都过得越来越幸福。二〇二四年除夕，我给他发完祝福短信后这样想着。

本以为我们在现实生活中再无交集，没想到在二〇二四年三月下旬，还是春寒料峭的时候，我意外地收到了大叔发来的信息。

那时我正在国内，当天心情莫名有些低落，翻来覆去睡不着。忽然手机提示铃连着响了两次，我按了按太阳穴拿起手机，一条信息闯入眼帘："闺女，给大志写份悼词吧，你笔头好，帮大叔个忙。"好像是怕我拒绝，对方紧跟着发了第二条："你该怎么收费就怎么收费。"

我揉揉眼，难以置信，嘴巴一张一合：大志？是我脑子里那个大志吗？我僵在那里，打不出字。我们的聊天记录还停留在二〇二四年新年，我给大叔发了祝福，大叔没有回复。而过去几年，大叔都会乐呵呵地祝我新年快乐。

我像是溺水的人在床上大口喘息，紧紧盯着这条信息足足十分钟，才找回自己的思想，问他怎么了。我看着对话框上方的"对方正在输入中"，生怕错过什么消息。

等了一会儿，输入状态中止，转而打过来一个语音通话。平静，大叔无比平静地重复了刚刚的诉求。我试图寻找他隐匿于噪音之下的悲伤，却全无痕迹。"癌症晚期能有啥办法嘞，该试的都试了。"

我不记得说了什么，好像一下回到了七年前干干巴巴不知如何道谢的那个早晨。

我从未接触过悼词，可又无法拒绝。挂断电话，我仍然陷在震惊之中，然后像是意识到了什么，眼泪不受控地簌簌流下。

当我们以为生活会平缓地顺流而下时，滔天巨浪却猝不及防地扑到眼前。

3

我硬着头皮写了一页，几乎抓烂了身侧的抱枕。最后，我决定去看看大叔。

大叔跟我说过，大志小时候，他在外打工，把大志留在枣庄老家给奶奶带，偶尔才会回老家一趟。但他尽可能去做个合格的父亲，大志被手工难住时，他抛下连夜赶火车的疲惫陪大志做到半夜；大志要完成一幅自画像，他便花大半天帮大志举着镜子，大志想重画他也不恼火；大志写了篇作文《我的父亲》，他感动得一塌糊涂，顾不得手头紧张，去给大志买了当时最流行也是大志最想吃的跳跳糖。

尽管如此，大志还是要面对作为留守儿童的境况。他会埋怨父亲，骑上父亲的肩头，用脚乱踢着空气发泄不满，而后拉扯着父亲的衣袖，不断重复着："不能留下吗，爸爸？"

大叔无助地像犯错的孩子，但还是强颜欢笑着摸摸儿子的头，拿零食玩具做他的思想工作。新世纪之初，离村打工的淘金热兴起，大叔南下不成，就想着北上。本想去北京，结果北上途中在海滨城市青岛转了一圈，一下子就被迷住了。

"俺当时寻思俺崽保准喜欢，他老吵着看大海哩。"

于是，他把大志接过来，索性在青岛扎了根。从租住在四十多平米漏水的小破楼，到搬进宽敞明亮的新房，他用了二十多年。

我带了些水果，来到大叔的新房，局促地搓搓手，小心翼翼脱鞋进门。

"不用脱，进就行，很久没收拾了。麻烦你跑一趟，闺女。"

大叔向我扯出一个笑容，脸上是遍布的沟壑、深陷的眼窝、微红的眼眶。但他仍然是平静的，平静地让我坐下歇歇，平静地给我倒水，平静地和我诉说。

大叔从散落在沙发上的东西里拿出一个本子，说这是大志在癌症晚期写的抗癌记录。他怕墨水过几年掉色，想麻烦我找人给塑封一下。我翻了翻，里面是大志留下的文字，有时是几段，有时候只有一句或一个表情。里面的字迹从刚劲有力到潦草成行，大概间隔不到一年时间。

　　实习的这一年，我的腰部开始出现长时间隐痛。因为平时经常运动，一开始以为只是常见的跌打损伤，没太在意，直到后来发展为持续性剧痛，整夜整夜睡不着觉。我到学校附近的医院检查拍了片子，发现有一个 5.5 厘米 ×7 厘米的肿瘤。

爸爸，我没有希望了。

化疗的剧烈反应让我度日如年。什么时候才能结束呢？

我摩挲着本子上的字迹，几乎不敢抬头看大叔，我怕和他四目相对。

大叔几乎不可见地叹了口气，点了支烟，无声地抽。他说因为放疗，大志术后还没愈合的皮肤又被灼伤，结了黑色的痂。睡觉前，他要父亲把他的手固定到病床两侧，防止在睡梦中抠挠。

"又痛又痒，很想去抠，但结痂就代表正在修复痊愈吧。"大志写道。

那段时间，大志虚弱到连走路都困难，下楼梯常常要一手扶着扶手，一手借助大叔的力量，半侧着身子一点点往下挪。有时他停在半道，靠在楼梯转角处或坐在最后一级台阶上，冲父亲摇摇头再抬一下手。大叔懂这个手势的意思——儿子要歇一会儿，但没力气说话。可是，一进入病床所在楼层，大志还是会挺直腰，努力挤出一丝微笑。

"他不想让别人觉得自己是病号，也不让我告诉任何人。"

治疗癌症花费巨大，每天大志都是吃医院楼下的小饭桌。早上一般会在鸡蛋、馒头、包子、稀饭里选一样，他吃不下之前喜欢的油条，那对他来说太油腻了。中午就点十八元的盒饭，买一份分成两餐吃。到了后期，大志疼得吃不下什么了，但他的日记里写着："我要逼自己多吃点儿，不然哪来体力跟它们（癌细胞）对抗呢？"

我看了看他偶尔记录的食谱。吃半盒西红柿炒蛋、半盒米饭就能耗尽全部体力。

有人形象地把癌症治疗过程称为"按下葫芦浮起瓢"，大叔对这句话深有同感。伴随治疗最普遍的副作用就是免疫力下降，这使得一切传染病对患者都具有致命的威胁。大叔每次听到吐痰声都心惊胆战，生怕流感病毒传播。病区床位有限，有时不得不两人共用一室。与大志同住的患者一有风吹草动，哪怕只是咳嗽一声，大叔也要让大志戴上口罩。甚至从不讲究这些的大叔也开始学习七步洗手法、戴口罩、注射流感疫苗，避免引起儿子感染。

癌症末期，一场发烧都是致命的，就像悬在人头顶的达摩克利斯之剑。大志在父亲的照料下没发过烧，但还是没有撑过二〇二四年的春天。

大叔拿出一沓照片，说要选一张最好看的当遗照，想问问我的建议。他后悔没在儿子生前多照些。翻看照片的时候，大叔说："孩子妈走得早，孩子的墓地就选在他妈隔壁，要选最好看的照片让他妈看看儿子长大的模样。"

我哑然，想起七年前坐在小电驴后座上飘在空气中的干净香皂味，此刻房间里也有这样的味道，当时以为这是因为阿姨是个爱干净的人，不曾想是大叔的细腻照顾。

那叠照片是大志从童年到成年的生活记录。里面没有八岁前的照片，大叔说因为那时候穷，温饱都是问题，没有闲钱给小孩拍照，提起这事他看起来格外懊恼。

"勒紧裤腰带也该每年拍一次，怎么就没拍呢。"

翻到癌症治疗阶段的照片会发现，经历了手术、放疗和化疗的磋磨，大志渐渐放弃打理自己，也不似刚上大学时意气风发地摆耍帅的姿势，穿着也越来越素简。照片里的他，一张比一张瘦削，最后一张他勉强睁开眼，手放在脸前，好像在挡镜头。

我默不作声地翻回去，想了想，拿出大志二○一七年高考完那个暑假去小麦岛撒欢的照片。

七年过去，我脑海中大志的脸已经很模糊了，我们在现实生活中只有那一面之缘。这张照片里，大志穿的也是蓝色T恤，整体还是寸头，这个影像莫名地跟七年前那个载我的男孩重合起来。这是我熟悉的他，也是我对他最后的印象。

那时小麦岛的草木已经很绿了，他坐在那块我也经常去的草坪上，身后是蓝天大海，远方是红瓦绿树和高楼大厦。面对镜头，他端正地微笑，假正经里带了些活泼。

"我也喜欢这张。"大叔把燃尽的烟蒂按在黢黑的大拇指上，捻了捻丢进垃圾桶，用纸巾擦拭完手才拿起照片。

随后，他迟疑了一下，又拿起另一张："算了，用这张吧，他姨和他叔都说选这张。"那是大志做完第一期治疗的照片，脸色蜡黄，但还有精气神。那时他还没剃掉头发，留了三七分刘海。照片大概是在照相馆拍的，背景色是证件照那种正正的蓝。不知怎的，我从他的表情中似乎看到一些预备医生的气魄。

大叔把小麦岛那张埋在其他照片下，我默契地点头应着他的提议。我知道，十八岁那张照片太过耀眼，那股蓬勃的朝气让人挪不开眼，多看不免感叹唏嘘，这对于一个父亲来说太过残忍。

离开他家之前，我在玄关处换鞋，左边的储物盒装着大志的遗物，我一眼认出夹在其中的明信片是我七年前写给他的，那句"人生岁月不哀凄，还有梦境与黎明"的字迹已经黯淡了。我喉咙有些堵，简单的心意被人好好珍藏，依然会让人感动，不是吗？

下楼时，我终于有勇气看向大叔。我在脑海里搜寻着此时应该如何动作，我抬手轻拍大叔的肩膀，然后给了他一个拥抱，告诉他我会在葬礼前尽快完稿。大叔抿了抿嘴，最终没有说什么，只是轻轻点了点头，让我回去的路上注意安全。

一个人的死，对于这个世界来说不过是多了一座坟墓，而对于相依为命的人来说，整个世界都被掩埋了。

我没有赶上大志的葬礼，举办葬礼时，我已经回到了德国。交给大叔悼词后我想说些什么，又怕再次触动他而作罢。

七年过去，我依然很喜欢博尔赫斯。"死亡是活过的生命，生活是在路上的死亡。"这句话出自《布宜诺斯艾利斯之死》。有几天我总是想起大叔，想他的曾经，也想他的未来。未来该怎么办呢？

4

那天收到小茅的信息，我打字的手有些犹豫，死亡到底比其他话题更沉重一些。

"好的茅哥，给谁写？

"需要什么时候给你？"

我发完这两句便回了家，却迟迟没收到小茅的回复。

深夜一点，我躺在床上跷着脚看一部英国纪录片，名字是《我死前的最后一个夏天》，讲述五个素昧平生的绝症患者一起走向生命尽头的故事。第一次看这部片子是三年前，开始写悼词之后再看，多了些悲痛之外的复杂又不可名状的思绪。

此刻的街道称得上万籁俱寂，房间里只有纪录片的英伦腔台词回响。忽然，手机响起，我收到了小茅的回信：

"给我父亲。"

"两天内可以吗？"

什么？我没反应过来。他打来电话，声音沙哑地询问我方不方便。

"当然方便，我睡得晚。"我赶忙说。

然后我们陷入了沉默，安静到可以清楚地听到他沉重的呼吸。他深呼吸了几次，终于开口："我爸走了。"

后面四十多分钟的通话我记得并不真切。听着对面那个可能只比我大几岁的男生从哽咽到难以抑制地痛哭，除了一些干涩的安慰的话，我什么也说不出来。

他的父亲走得很急，突发心脏病，救护车还没到医院人就没了。他是海员，那时在海上，信息滞后了几天，没有见到父亲最后一面。

通话结束时我说："伯母和你都要保重身体。"

他停顿了一下，说母亲已经去世很长时间了。"没关系，十几年前的事了，你不要放在心上。"他像是料到我要说什么，抢先放松语气说道。

作为一名海员，茅哥每年有大半时间蜗居在船只内舱五平方米的房间中，每个房间只有一扇窗。万里漂泊，居无定所，很多人无法接受这样的漂泊，需要脚踏陆地的实感，但那却是生长在海滨小城市的茅哥儿时想要的生活。

手机没信号了就看着大海发发呆，晚上不用值班就在甲板上听音乐。他喜欢下载《海上钢琴师》《泰坦尼克号》这类电影，在上一次接受委托帮他整理资料时我们闲聊，他说电影里的台词他几乎倒背如流。我问他为什么背这些，他带些顽皮的语气学着电影里面的腔调说，在海上，尤其夜晚，惊涛骇浪像是要吞掉船的时候，念出这些台词格外有感觉。我问什么感觉，他却支吾着没有说出个所以然。

躺在甲板的很多个夜晚，茅哥也想过家。

他真正的家在福建沿海一带。那里渔船环绕，河流从山脚流过。他小时候在海里游泳，长大了出海钓鱼。小时候，大家说得最多的一句话是"卡溜"，就是要出去玩的意思。家里关不住他。后来他去了地中海、大西洋，还有无数相似却不尽相同的海边。他像鱼一样属于大海，而不属于某一片海域。

父亲跟他说："海的那边还是海，都一样的。"

童年时的茅哥对此深信不疑，他觉得他所在的小渔村就是最好玩的，直到读了书，被亲戚捎着去了趟厦门。那几天他感到局促，甚至有些窘迫。回到家后，那个叫厦门的地方让他魂牵梦绕，嚼碎了回味。少年心里暗暗种下了一颗种子。

5

后来，茅哥高考失利，一所民办三本院校录取了他，学费每年一万二出头。他看着愁眉苦脸的父亲，挥挥手说："我不读了，读大学有什么了不起，我出去闯闯，还能给家里赚钱。"

父亲知道这是儿子在安慰他，一直喜欢看书的儿子怎么能不想上学呢？只是生活的重担要他早早成熟。他不想成为家里的负担，即使这个家只有两个人。

茅哥去了一直心心念念的厦门。

他太瘦，干力气活的工地不要他，工厂车间嫌他甩荡着长一截的袖子干事不利索，最后他被一家餐厅看中，说他这身板穿身西服还蛮挺拔，做大厅的招待员刚刚合适。

他欢欢喜喜去了，跟父亲说："爸，我安定下来了，真好，老板还给发了一套西服。"

前三个月试用期工资不高，厦门的物价、房租不是小数目，不用说给父亲打钱了，除去各项开支剩下的只能勉强养活自己。每天无数次在地大厅说"欢迎光临"，几乎磨去了茅哥对厦门的幻想，从期待到疲惫，只过了并不漫长的三个月。

他只是熬着，自己也不知道要熬到什么时候，日复一日地生活，迷茫机械地重复，直到父亲第一次心脏病发。

那是阳春三月的一天，下班后他点了一份八块钱的烤肉拌饭，用微波炉热一热，拌开，加几只前夜买的卤鸡爪，最后铺上一层辣白菜。辣白菜家里每隔一段时间就会寄一些来，是妈妈的手艺，大娘学了去，经常做好送去他家。此刻，烤肉的鲜香、辣白菜的清爽、沙拉酱的甜腻，完美地融合在一起，他时常觉得，一天的盼头和幸福时刻都在这里了。

就在这时，大伯来了电话，说他父亲心脏病犯了，现在在医院，已经抢救过来。茅哥舔了舔嘴唇，半晌才出声："我爸爸呢？"

"儿啊，不要过来，好好工作通过试用期，我身体好着呢。"没等大伯把电话递给父亲，父亲虚弱但坚定的声音就从听筒那边传了过来。

茅哥僵在那里，为了不哭出声，他一边听父亲的轻声嘱托，一边大口咀嚼着混杂着甜腻沙拉酱和咸涩泪水的烤肉盖饭，把眼泪逼回去。

"从那之后，我就很讨厌吃烤肉盖饭，每次吃都会想起这件事。"茅哥轻声说。我看不到他的表情，却凭空品出一丝苦涩。

为了凑父亲的住院费，他问老板预支了两个月工资，老板给得并不爽快，茅哥一直点头哈腰，才在医院下出院通知前补上了这笔钱。他算了算账，后面没法吃八块钱的烤肉盖饭了，得换成四块钱的小份素菜加一个馒头，勒紧裤腰带父亲的药才不会停。

之后茅哥又把心思转到了房租上。当时他跟两个同事合租，而厦门有些工地宿舍外包，八人一间更便宜。这个想法在同事提醒他租房合同上写了违约赔款后才算作罢，随之而来的是前所未有的挫败感。

"当时很不甘心，这跟我想象的出去闯闯太不一样了，一年下来养活自己都困难，之前的雄心壮志像是笑话。"

茅哥找了一份兼职，下班后在便利店上夜班，厦门二十四小时便利店的夜班比北京上海的清闲。靠着打两份工，那段时间的生活反而没那么难熬，身体的疲乏让他一挨床和衣就睡了，没精力想东想西。他只想攒够钱尽快回到海的怀抱。

父亲出院后半年，认识了一个丈夫早早逝去的女人。茅哥管她叫姨，后来过年回家，发现姨也在，他意识到父亲是孤独的。

"我叫不出口'妈'这个字，'继母'在我们那里听着也别扭，我还是管她叫姨，她能跟我爸一起做个伴也挺好的。"

茅哥想到了做海员，能回到大海，又能解决温饱，每年说不定还能有余钱。这是他听饭店同事说的。辗转一年多，他在长沙找到一个中介，中介说一万九千八包上船，听到报价，他拽了下裤子，生怕连裤兜里的钢镚都不翼而飞。

"机扣不去抢呢！"①

茅哥决定自己去航校学习。八千元学费，加上办证、体检和其他各种费用，一共需要九千六百元，茅哥几乎拿出了所有积蓄。给父亲打电话时，不知道父亲是不是感受到了他的窘迫，只说让他走之前回家吃顿饭。第二天，茅哥的卡里多出了两千块，是父亲打来的。

---

① 闽南语，意为"这个人怎么不去抢呢"。

6

"地上香瓜熟，枝上红荔枝。"茅哥带了一本林语堂的书上了船。

在船上工作一个月六百五十美金，还有一百美金补助，实习过后，每月能赚一千四百美金，最重要的是包吃包住。后来，他找到我，让我帮忙写一份竞聘稿，想在船上竞聘组长，把这事弄得认真且正式。

彼时我只把他看作客户。我接受委托写稿，兼职和生活界限清晰，客户微信权限都设置为"仅聊天"，彼此的交集限于对稿件时间、字数需求的沟通，并不会扯到现实生活。但他很不一样。跟他交谈并不无趣，他会聊诗歌、电影、音乐，这让我有些意外。

"怎么，没上过大学就不配聊这些啦？"

我赶忙否认："当然不是，电影是给所有人的情书。"

他重复了一遍我的话，转而又调皮地祝我早日毕业，如果毕不了业，就像季羡林那样写《留德十年》吧。

"为什么带这本书？为什么是林语堂？"听他说起林语堂的书，我很好奇。

"我对他没什么偏好，这是我妈妈的书，仅此而已。"

我后面才知道，这本书记录了很多闽南生活和闽南语。茅哥童年时，妈妈总给他唱闽南语儿歌。翻书的时候，好像就能短暂回到那无忧无虑的时光。

父亲离世后，茅哥以最快速度赶回家，为此还跟上级发生了口角。一进门，他就被一股气味罩住。父亲卧床很久了，柜子里衣服凌乱，姨帮着他一起收拾了父亲的遗物。

茅哥买来消毒液，喷了满屋。消毒液干后，留下盐渍一样的白色粉末，那味道很快又回来了，好像怎么也散不掉。他觉得这样也好，还有一丝父亲的痕迹。

环视房间，沙发上放着的奥特曼，是他儿时吵着要父亲买的，还必须是迪迦。没了床垫的床、地上黑黢黢的洞、阳台上枯萎的花，似乎在暗示着一些东西已然消逝。床上的毯子有些褶皱，却叠得整整齐齐。父亲生前很爱干净，他从小穿的 T 恤还有红领巾总是飘着皂香，混着阳光和海水的气息，好像一天的朝气就从此开始。

其实回家的路上他已经调整好了情绪，但在姨走了、收拾完一切后，还是忍不住抱住床上的毯子痛哭。他想起父亲第一次病发，他跟饭店请假回家待了半个月。那半个月，每天的作息是这样的：

早上九点：起床，洗衣服，打扫卫生。

九点半：开始做早饭，通常有鸡蛋。他还会做土笋冻、锅边糊、光饼，还有福鼎肉片。

十点：父亲醒来，上厕所，围着家先走几圈，然后吃早饭。把药片瓣成两半就着半杯水灌下去。饭后，每隔一小时，牵着父亲出去溜达十分钟。

下午两三点：带父亲去小时候常去的小码头，也是渔船停靠地，看村里为数不多的孩子们捡废弃渔船的木头做游戏，偶尔跟孩子们说几句话。他希望父亲能保持对环境和人的认知能力。

　　五点：回家做饭。把鱼、西兰花、肉丸，加上邻居给的几只活虾做成沙茶面，加入鱼油，喂给父亲吃。饭后散步。

　　八点：跟父亲聊聊报纸上当天发生的事，对社会事件表达态度。

　　现在看来，当时无比平淡重复的生活，却是后来拼尽全力也换不回的。

　　茅哥还想起很多，想起父亲最爱吃的那家糕点店。他一向不爱吃花生糕，哪怕这是福建最传统的糕点。他嫌弃一般说父亲都这个岁数的人了，还像小姑娘似的，对甜品有着狂热喜爱。父亲只是憨厚笑着说知道了，第二天照旧要一份花生糕，掰着一小口、一小口抿下肚，还叫店家做了份花生汤给儿子。他当时不耐烦地拒绝，父亲便接过来，一并吃了。

　　悲伤具有滞后性，它狡猾地藏匿在不幸的日子里，发酵套叠，一旦到达临界点，就会像系统错误无法关闭的网页弹窗一样不受控制地跳出。常年住在五平方米的狭窄船舱房间、中秋节想家却连电话也不能打、被领导当成出气筒还要赔笑脸，这些都可以忍受，但看到家里父亲留下的生活痕迹、从父亲常去的超市买东西出来看着海面波光粼粼的浪时，他却流下泪来。

7

"你了解海葬吗？"

我不曾想过他会主动谈起葬礼的规划。

我并不了解，我跟家人还没有经历过真正意义上的告别。但我的家乡是沿海城市，海葬体系比起内陆城市要完善一些，我曾随朋友登船完整参与过海葬全过程。

白色的船舱，宽阔的甲板，新刷了有光泽的油漆，栏杆上系着一串串白色纸花。简单的海葬仪式在昏暗的船舱内进行，座位上是不知翻洗了多少次的绒布坐垫，救生衣胡乱地塞在座位下面。

司仪旁边桌子上的糕点是刚买的，糕点表面刷的油呈现出亮闪闪的光泽，就好像再平常不过的一天，妈妈准备好水果糕点放在客厅一样。不同的是，这里多了一束麦穗。船开动不久，司仪清清嗓子，以"碧海青天寄哀思，移风易俗海葬仪"开场，朗读写好的悼词，最后一句是"为人为事坦诚磊落，遗骨遗风彪炳千秋"。这悼词很老套，似乎可以套在任何人身上，但此刻，它成为给在场者的一种默契的示意——终于可以哭泣了。

我当时是去帮忙的，那段时间朋友左手扭伤，我代她整理了一捆捆鲜花，工作间隙，还跟船长妻子交谈了几句。她告诉我，人们对死亡的看法和葬礼中的表现不同，有的客户伤心欲绝，捧着骨灰坛无法放手；有的客户看起来平和淡然，但在骨灰沉入海水后一直望着大海，久久不发一语。

我把这些告诉茅哥，问他怎么突然想到海葬。他说："与其让我爸永远困在小小的土堆中，还不如让他自由地徜徉于大海，跟随洋流去属于他的地方。"

我思索着他的话，想起村上春树说过："死并非生的对立面，而作为生的一部分永存。"

"你该来加勒比海看看的。"他话锋一转。

加勒比海是他们的船常去的海域，在他的描述里，这里有最美的珊瑚、最迷人的热带鱼。

此前我好奇他住的船舱是什么样，他便拍了视频发给我。小小的空间只有一扇窗，储物架上有袋开封的麦片、一桶红枣，小桌板上的香蕉快烂了，二手平板电脑正在播放《海上钢琴师》。他在认真生活，这是我的第一感受。

忽然想起他说喜欢在惊涛骇浪像要吞没船只的夜晚默念电影台词，我便问他会念什么。

"Anyway，no one in the world remembers me."（反正，世界上也没有人记得我。）他用略低沉的嗓音淡淡地说。

《海上钢琴师》开头，那些富豪、移民、旅客抱着对新大陆的美好幻想，在无限的城市里看不到尽头。茅哥也像 1900 一样，在无限的海洋里看不到尽头。我从未知晓"茅哥"的真实姓名，但如果见到他的话，我很想给他一个拥抱。

8

几个月来，生活像虚虚地罩着一层布，我感觉像是站在逝者和家属之间，逝者是一条即将入海的河流，我在漩涡中央为他们送别。

学期结束时，我推掉了一些委托，去阳光明媚甚至有些灼人的意大利度过盛夏，连带着心情也明媚起来。之后我回了趟国，在上海落地，一打开手机，就刷到茅哥发的朋友圈。他在苏州，让朋友圈好友推荐苏州美食，我想了一下，推荐了我偏爱的一家老字号面馆。

"你回国了？"他问道。

"你怎么知道？"

"现在德国才七点，你不会起那么早。"

他很敏锐，之前我和他的沟通基本都是在凌晨，我可以熬夜，但不会早起。

他问："有空一起吃个饭吗？"

我想起曾经说过"有缘再见"，不假思索地答应了。

茅哥说就去那家面馆吧，我说好，然后查了去苏州时间最近的高铁，买票、安置行李、打车，一气呵成。

走进面馆，我一眼就认出了他，常年在海上漂泊的生活让他的皮肤呈现出健康的小麦色，在人群中很是显眼。他比我想象的还要健谈些，话题不断，偶尔逗得我捧腹大笑。在他身上丝毫看不到两个月前的脆弱的影子，他不再需要我的安慰了，朋友圈签名也早变成了"好好锻炼，好好生活"。

我问他怎么会来苏州，他说，看多了磅礴大海，也要来看看江南的小桥流水人家吧。说完他夹起一筷子面条往嘴里送，同时若有所思地看着桌上的浇头，嚼了嚼面说："我爸生前想来江南玩来着。"

没等我反应，他又笑了笑，和我想象的一样，淡淡的，带着些释然。

"生活总要向前走的，不是吗？"

他亮出挂在脖子上的项链，离得近了我才发现上面有一颗亮闪闪的小石头。

"这是我爸的骨灰，我去上海做成了骨灰晶石。"

把骨灰做成钻石我听说过，做成晶石倒是第一次见。

"钻石太贵了，我没那么多钱，只能做成晶石。以后我出海就带上它，也算带我爸多看看世界吧。"

我们举起酒杯相互祝福，碰撞出的不是破碎的声音，而是带着一丝雀跃。那一刻，我们都坚信他的未来会越来越好。

9

回家总是开心的，回到青岛，我被爸妈拉去拜访各位长辈，忙着见许久未见的好友，在一次吃完饭回家的路上，我路过了老四方区。

四方区原是青岛一个独立的老行政区，二〇一二年被划入新的市北区。我之所以会多看几眼，是因为保安大叔之前开的小店就在这儿。虽然没来过，但我知道地址，也曾在大叔朋友圈看过许多次收拾得干干净净的小店的照片。

我之前奇怪为何小店选址不在川流不息的大道，而在不显眼的老街里，现在想想，他来青岛的第一份工作在四方区，孩子上的第一个小学在四方区，搬到城阳后他还经常带大志回四方区见之前的工友，光着膀子在老四方的烧烤店喝啤酒吹牛皮，大志被大家轮流带，玩得不亦乐乎。这些幸福而深刻的时光随着老建筑的拆除一去不复返。前两年他买新房也选在这个区，兜兜转转回到了爷俩快乐记忆最多的地方。

其实，把悼词交给大叔之后我们便再无联系，但后来每次写悼词我都会想起大叔和大志，那是我写的第一篇悼词，也是我写过的唯一一份现实中有过交集的人的悼词。

我靠在车窗上，用手擦拭玻璃，试图把这块地方看得更真切、更清楚些。朋友扭头看我，问我怎么突然沉默，我笑了笑，说想起一个人。

九月，我跟着家人去泰国来了一次久违的家庭旅行，再回到青岛时距中秋节只有一周了。我想买点儿东西去看看大叔，大志离开的第一个中秋节可能有些难熬吧。我按照之前记下的地址来到他的店门口，发现门锁了。我以为大叔有事出去，便坐在一旁等候，等了一会儿，路过的人告诉我这个门面已经很久不开，应该要转租出去了。

回程的路上，我想到茅哥的话，"生活总要向前走的"，而对于大叔，白发人送黑发人，生活真的能向前走吗？我不知道。我没有再去打扰大叔，分离总是比相聚容易得多。

妈妈打来电话问我晚饭吃什么，我说想吃面，话筒对面传来妈妈轻快明亮的应声。回到家，她把面碗上扣的另一个碗拿下来，招呼我快吃，碗里是鲜虾和肉末卤蛋的浇头面。我吃着吃着低下头，我能感觉到妈妈的目光始终在我身上。她问面怎么样，我吸溜着面回答，汤头很鲜。

我想起了大志做的那碗打卤面，面在阳光下闪着淡淡的光泽，汤头晶莹，葱花和肉末相得益彰，连面带虾，又鲜又香。

我再也没有机会吃到了。

@ 云溪

八〇后女性，在鸡娃时代"逆行"的妈妈。

不拼学区房、不上课外班，孩子能跟上主流成长吗？

"如果被焦虑裹挟前行的家长恰好听到我的声音，那就是这篇文字的意义。"

女儿有她自己的"北下关"

　　还有一节课放学的时候，小孩发来信息，说学校今天有活动提前放学，问能不能在外面玩一会儿。

　　她会玩什么？穷尽我的想象力，不外乎是和同学追追跑跑，去文具店"吃谷"①，又或者在奶茶店、烤肠摊流连。

　　到正常放学的点，她按时回家了，推门进来就是每日一"妈"："妈妈妈妈妈，我回来了，今天真高兴！"

　　她说体育课踢了一节课足球，很高兴。

　　突然被通知取消了延时课，很高兴。

　　放学时看到天气特别好，很高兴。

　　她一个人买了袋饼干，去小公园的湖边喂鸭子。"鸭子真是太美好了！我特别高兴！"她说。天哪，我真是难以想象，过完高兴的一天，突然又白得四十五分钟，然后独自去享受好天气与好风光，那快乐不得多到搂都搂不住直往外冒！

---

① 指购买二次元 IP 属性的徽章、立牌等周边衍生产品。

五月的一天，我在社交平台随手发了这段文字。

没找流量选题，也没遣词造句，在手机上随便敲了几行，标题就是我当时内心的声音："难以想象她度过了多快乐的四十五分钟。"

结果这篇生活记录意外地火了，超过三十二万网友来围观了我女儿的快乐。网友"超级天下无敌炒鸡蛋"说，这段文字感觉是"Sólarfrí"这个冰岛语单词的具象化。Sólarfrí，太阳假期，形容人们意外得到一天或者半天的休息时间，去享受阳光明媚的天气。

我完全没有想到，如此平凡的琐事，竟触动了那么多人的心弦。一些人说，看着看着感觉自己也快乐了，另一些人说，笑着笑着怎么还哭了。

二〇二一年起，我断断续续在网络上记录了一些生活碎片，有一些是关于女儿的：她偷偷骑车穿越郊野公园，她劳动课捉蚯蚓蚂蚱，她买假发参加漫展，她学会了海淘和代购。网络上，时常有陌生人说我女儿很幸福，给我颁发"好家长"证。而断掉网络，则是另一番景象。

1

新学期伊始，女儿告诉我，班里又有同学转学走了。是的，又。每个学期开学，都会有同学突然不再出现。

在小区里遇着的后楼邻居也告诉我，他买好新房准备搬走了。他已经焦虑好几年，每次见面都大声叹气："再留在这里，孩子就要废了！"如今也算是一块石头落地，他的神色轻松了不少，即便是中年再次背上房贷。

他问我什么时候搬走，我说没打算搬，这个回答给他的冲击不亚于听说外星人明晚入侵地球："你就让孩子一直在这儿上？这能行吗？考不上高中怎么办？"

邻居的震惊是有原因的，我们现在居住的地方，处在被封为"教育洼地"的区域。有同龄孩子的家长跟我说她焦虑得睡不着觉："你没听说吗？现在只有50%的孩子能上高中！"我跟她说："假的，50%是全市平均数，咱们区是40%。"

我和女儿是三年前来到这个地方的。在那之前，爱人工作调整，已经在天津郊区上班一段时间，我则独自带着女儿在北京上小学，从事一份不需要坐班的文案工作。

二〇二〇年，城际通勤变得困难重重，一家人常常很长时间见不着面，我们认真商量后，决定结束异地状态。二〇二一年，在女儿升入五年级之际，我们搬到爱人工作的地方团聚了。

关于这个地方的低升学率，我们搬来前已有耳闻，即便一直对女儿的学习没有过高要求，为人父母，我和爱人最初也未能免俗地讨论过学区。但当我们第一次来到这里，女儿张开双臂，跑得几乎要飞起来。

在天高地阔的郊区，出门就有足球场、篮球场和攀岩壁。湖面飞着点点白鸥，沿湖数十公里的跑道上，少年们或骑着车或跑着步从我们身边经过，笑声亮堂极了。"我喜欢这里！"女儿笃定地说。

买房很快，看了一天就定下了。过户那天女儿正好没上学，跟着我们一起去办手续，卖房的中介大哥看到她，一拍大腿："你们还有孩子？怎么不早说！这里就不适合上学！"

大哥自己也有孩子，他狠狠共情了。

那一年本区有 3416 人参加中考，四所公立高中计划招生 1400 人，普高录取率 40.98%。现在这个数字已经变了，今年全区 3901 名考生，五所公立高中计划招生 1580人，普高录取率更新为 40.50%。

当我回答说不会搬走、要继续留在洼地时，邻居敛住了即将出坑的喜悦，开始自说自话地安慰我："没事，学校不行，在外面多补补课也一样的，你给孩子报辅导班了吗？"

我说，没有。

这个天终于聊死了。

我们友好道别，临走前，他想了想，还是觉得应该劝劝我："想想办法吧，你不能让她就这么下去啊……"

"你不能让她就这么下去啊！"我第一次听到这句话时，女儿才四岁，那时候我们还没搬来现在的家，正住在北京东五环外的另一个郊区。

那年，正在上幼儿园中班的女儿生活中发生了两个变化。第一个是她每天放学回来会告诉我，有谁不来幼儿园了，有谁说马上要搬走了。

小伙伴们开始陆续准备搬家，看房的家长和装修的家长聊得热火朝天，剩下的家长也在互相询问："你们真的不搬吗？"我说我不搬，学区房太贵了，我不敢想。

"卖掉现在的房子，找亲戚凑凑，再贷些款，其实也能行。"对方这样计划着，"老觉得别人都在买学区房，自己不折腾一把，有些对不起孩子。"

我半开玩笑地说："我不行，如果我住进老破小还背着这么大压力，万一孩子学习再不好，我可能会忍不住骂她！"

那边厢交流装修经验的家长也看了过来，对我有些"哀其不幸，怒其不争"："你也不为孩子考虑考虑，咱们这儿对口的小学多破，你不能让她就这么下去啊！"

我一时无言以对，好在尴尬没有持续太久，因为很快我们就不再有什么交集了。曾经其乐融融的家长群分成了两大阵营，一部分人开始讨论哪里的幼小衔接辅导效果更好，筹划着离开什么也不教的幼儿园，去外面补课培训。

"现在才开始学已经跟不上了！"一个焦虑的家长跟我说，"我们老家的孩子中班都已学完幼小衔接，大班该学一年级的课了。"

另一部分人就像我这样，望一眼箭在弦上的家长们，

233

望一眼地上丁点儿大的小萝卜头们，迟疑着问自己："有那么急吗？"

离园补课的家长和买房搬家的家长，开始在朋友圈发小孩九点还在写作业的照片，而我女儿在四岁这年经历的第二个变化，是确诊弱视。

坦白说，我并非从当上母亲的第一天，就如现在这样对女儿宽容耐心。她小的时候，几乎每天走路都在摔跟头，永远学不会剪纸贴画这样简单的手工，我也会忍不住急躁，偶尔还斥责她，要她专心一些、认真一些。

那年在幼儿园的例行体检中，女儿被发现视力异常，我们马上带她去了眼科医院，得到确切的诊断：弱视。手眼协调性差、走路易绊倒，这些曾被我当作"不专心、不认真"加以责备的缺点，正是弱视的伴随症状。

女儿才四岁，她没法为自己辩解，她不是故意不用心，而是病了。

医生告诉我们，弱视是视觉系统发育不良导致的大脑皮层视觉中枢功能异常，没有什么特别快的治疗方法，唯有慢慢训练用眼，尽量多户外活动。

弱视对人有什么影响？通俗来说，近视只需要佩戴相应度数的眼镜，就可达到正常视力，而弱视如果错过时机未治愈，即便佩戴眼镜，矫正视力也将低于正常值。弱视治疗越早越好，超过八岁，就有可能因延误治疗导致终身视力低下。

从此，女儿每天放学后，我们都把大量的时间拿来户外活动，并辅之以规律的弱视康复训练。深夜写作业？不存在的。

2

幼升小这一年，大部分小伙伴都搬走了，女儿进入了那些家长口中的"菜小"。

别人说"菜小"，可能是个形容词，我们学校却是真真正正就在菜市场后边，每天上学都要穿过蔬菜区、水果区、干料区和豆制品区，农历逢五逢十的日子，还有花鸟鱼虫沿街一路摆开，煞是热闹。

正如之前其他家长告诫我的那样，这里没有具备名校背景的精英教师，硬件设施也十分凑合。

因着教室保暖的话题，我跟校长有过一次交谈，他恳切地说："您可能不太了解，我在农村长大，从小就住这种平房，封闭性跟楼房不能比的，天凉了我们会给每个教室配上棉门帘，不会让孩子们冻着。"

平房有平房的好处，一些城里家长吐槽课间孩子不能下楼的时候，我们学校的小朋友不用下楼，一脚迈出教室便来到屋前的小坪子活动。而这一脚的距离，对我女儿来说，实在是太重要了。

六岁这年，她终于治好了弱视，但由于远视储备先天不足，旋即又掉入近视的大坑。每学期一放假，我们的第一件事永远是去眼科例行复查，医生告诉我，没有灵丹妙药，就是注意用眼，尽可能多户外活动，越多越好。

有时候想想挺有意思，我是一个典型的小镇做题家，五岁就上小学，无论是身体还是头脑发育，都远落后于班里其他孩子，从高考大省的教育落后地区考到985，全凭硬学。有一件事印象很深刻，二年级时，我背不下一篇课文，晚上已经很困，我就到门外吹着寒风使劲蹦台阶，清醒了再进屋背书，背一会儿困了又出来蹦，反反复复硬是死磕了下来。我做这件事没有任何外在压力，老师没说第二天要检查，父母更是一直劝我赶紧睡觉。

这么"鸡"自己的人，到养育女儿时，却变了个心态，这就是从女儿确诊弱视那一天开始的。从幼升小，到真正开始小学生涯，小练习、小测试来了，难免有被迫焦虑的时候，尤其每次期末考试后，心里也会想，假期别玩了，得狠抓一下补上去。

然而，放假一去医院眼科，看着她小小的身影在各种仪器前检查，面对视力检测画面一脸茫然，顿时满脑子里又只有一个念头——爱谁谁吧，不学了！

女儿视力出现问题，改变了我的育儿态度，改变了我们的家庭生活方式，或许也改变了女儿一生的走向。我和爱人达成一致，不鸡娃，不卷娃，跟着校内课程进度即可。到了休息日，我们用越来越多的时间走到户外，走进大自然里。

在这所平房小学，女儿荣膺她人生中第一个官职——带队上厕所的"所长"。我请班主任帮忙干预，课间尽量不让她看书，出去休息休息眼睛，于是她得到了这样一个活儿，每节课课间带着大家穿过操场去厕所。

一段时间后，"所长"告诉我，她把走得快、动作利索的同学编成一拨走在前面，等慢一点儿的同学赶到厕所时，第一拨已经出来，避免了排队干等。她竟然无师自通，琢磨出了管理办法，这是非常令我意外的收获。

学习上，老师也给孩子们定了一些规矩，比如，做练习的时候必须审题画批，把要点圈出来；选择题的四个选项都必须标注选或者不选的原因；填空题也要把完整的思考步骤写在旁边，等等，都是简单、易执行，但又见效的方法。

我大为赞叹，在和别的家长探讨教育话题时把这些拿出来分享，但得到的反馈却通常是"真正的学霸一眼就能看出答案，根本不用那么麻烦"。可是我们普娃真的很需要，在启蒙之时养成这样认真的态度，将会受益终身。

菜小，果然更适合普通宝宝的体质。

到了高年级，即便是菜小，也有越来越多的同学走进了补习班。

"至少得报个大语文吧？让老师带着读读名著。""真的不给她报个奥数吗？听说高年级数学课难度会增加哦。"

其他家长交流报班资讯时，我总是尽量站远些。

记得我小时候，一有空就会去新华书店站着看上半天书，阅读是多么有意思的事啊，为什么还需要报班让人带着读呢？

女儿出生在纸媒盛世的末梢，那时候爱人还在做报纸编辑，家里到处都是报纸杂志，我们一直保有每晚临睡前读会儿书报的习惯。

当女儿还躺在婴儿床上不能自由行动时，晚上唯一的消遣就是打量靠坐在床头看报纸的爸爸。等到终于能自主行动了，她便爬到床头坐下，学大人拧眉瞧着手里拿倒的破纸片——大概以为这是一种很了不得的睡前仪式。

小学陆续认了一些字以后，她开始在我们的书架上翻找，囫囵吞枣地消化着那些旧书、旧杂志，有时候讨论书的内容，说的竟是我从未想过的角度。有一天，看到要拍摄《野性的呼唤》电影的新闻，女儿告诉我："我肯定不会看这个电影，太悲观了。"

我很奇怪："可是你都看过书了啊。"

她说："那不一样，看书只是文字，电影是画面，对人的震撼不一样。"

我安慰她："也许电影会改编一些呢，没听说有那种很悲惨的细节。"

她说："就算不演，我也知道有哪些事情发生了，我还是喜欢看《哈利·波特》。"

我更奇怪了："《哈利·波特》不也有人死掉吗？因为它是奇幻，不是现实，你就能接受？"

她想了想，说："不是因为这个。《哈利·波特》里虽然也有人会死掉，但是他们都是快快乐乐活着的，死只是最后那一下的事。《野性的呼唤》里面的巴克没死，但是它活着时一生都是悲惨的，它怕鞭子，连尊严都没有了。"

"不自由，毋宁死。"原来这不需要多么坎坷的阅历，是从小就能懂得的啊！

因为没有上补习班，女儿每天早早放学，剩下大把的时间，就去公园骑车，在院子里踢球，这一天纵有再激烈的情绪，也会在运动中消解殆尽。于是大部分晚上，她都是安静地坐在书桌前，读完《三体》接着读"阿西莫夫系列"，读完《大秦帝国》接着读春秋战国相关历史。一本接一本，沉醉不知归路。

培训机构没说错，读得多了是有帮助的，小学六年，女儿的语文和英语都没让我们操过心，阅读理解和作文能力一直稳稳在线。

相比之下，她的数学更为吃力，很多人建议去学奥数，"这样再学课内的就简单了"。我自己找视频课浅学了一下，发现奥数和课内数学根本就是完全不同的两种东西，并不存在因果递进，只能说一个能学明白奥数的孩子，应付课堂内容肯定不费劲。但是让我女儿这种面对课堂内容都犯难的孩子去学奥数，夸张一点儿说，就像鼓励还在学爬的婴儿去练长跑，"你跑完马拉松再爬就很轻松了"，那是一码事吗！

相比之下，我更愿意让她把有限的精力用在搞懂校内课程上，多出来的时间可以疯跑，可以发呆，可以看闲书，随意挥霍。

阅读有用但是不用学，奥数很棒但是学不会，我像一个狡辩鬼才，为女儿创造了小学阶段无补习的纪录。

3

二〇二一年，我们搬到了现在居住的地方，在普高录取率40%的"教育洼地"，女儿升入了五年级。

初秋的早晨已经有些凉意，马路上却随处可见仍穿着短袖校服的孩子，独自背着书包骑车或者走路上学。郊区最不缺的就是地，学校有大大的篮球场和足球场，放学后全是穿着短裤满场跑动的小孩，女儿很快就成了其中一员。

只是临近小学毕业，曾经熟悉的某种氛围又回来了，大家见面都不问"吃了吗"，而是"卖了吗"。就连隔壁单元孩子刚上一年级的邻居，见到我也会问："你们家房卖了吗？"我也奇怪："咱们小区不是卖不动吗？"

邻居告诉我，据她所知，小区里谁谁家、谁谁家，都降价卖掉了，去别的地儿买房，就为了孩子以后有个好一些的对口初中。"卖不动也得卖了换房啊，不然只能读家门口的破中学了。"

我们区是教育洼地，"家门口的破中学"是洼地中的洼地。当初了解学校时，曾读到一条犀利的吐槽："除了学习不行，吹拉弹唱样样行。"我和爱人一对视，这不正适合我们女儿吗！

我们放弃了搬家的打算，准备老老实实让女儿就读小区门口的中学。

而那些倒腾完房子的家长，已经开始讨论新的命题："要提前导入小四门，等上初中再学就来不及了""最好能在六年级之前把中考英语学完，这样初中就不用在英语上花时间了""现在就可以开始背高中的文言文，到时候根本没时间"。

来不及，没时间，童年真的太短了，人生是如此紧迫。

这一年，十岁的女儿因为生长发育缓慢去做了一系列检查，特需专家看了一眼单子，便开始给我们算打生长激素的费用。

"可是她的骨龄还小，最近两年身高涨幅也合格，多运动运动，调整好饮食睡眠，是不是可以自己慢慢长呢？只是比别人晚一些。"我小心地提出异议。

对方笑了："五年级了吧？马上毕业班，接着上中学，根本不可能有时间运动，觉也肯定睡不够的，所以一般家长都会趁孩子年龄小干预，你们这已经晚了。"

专家说，如果不打生长激素，女儿的最终身高可能只有一米五。打生长激素也可能产生副作用，骨质疏松、脊柱侧弯、血糖升高、诱发肿瘤……"都有一定的概率，但不是说必然会发生。"专家回应着我们的疑虑，"你们可以先考虑一下再决定，但是要尽快，不要超过三个月。"

随后，我又加入了一些"追高"群。在这里，大家聊得最多的是骨龄片——通过手掌的 X 光片观察指骨和腕骨关节的骨骺线。骨骺线宽，长个子的时间就还有富余，骨骺线窄，能争取的时间就相对少了，等到骨骺线完全闭合，就几乎不会再生长。

很多孩子青春期发育太快，半年时间就长了一两年的骨龄，这就是最令家长焦虑的"跑骨"，这种时候，往往还需要打针抑制发育。

女儿十岁时拍的骨龄片显示为七岁，理论上还有至少五到六个骨龄年才停止生长，但是医生告诉我们，万一突然跑骨，一年长三四年的骨龄，那么有可能还没到一米五就不再长了。

我们一直保持三个月或六个月拍一次骨龄片，观察还有多少空间或者是否跑骨，久病成医，群里大部分家长都已经能大概看出个七七八八了。最常看到的一句话，是"时间不够啊"。

有一部分家长和我一样，选择了不打激素的"绿色追高"，也就是靠自己多运动、多睡觉，让饮食结构更合理来促进生长；还有一部分家长出于各种原因，选择了有一定风险的激素追高。但即便打生长激素，也还是需要足够的睡眠和运动配合，因此每个人都在叹息："时间不够啊！"

就算最简单的跳绳运动，热身、拉伸、进出门换衣服，林林总总加起来，怎么也得三四十分钟，更别说跑步、游泳这些项目。大部分追高行动都在一段时间后无疾而终，因为实在拿不出那么多时间。

一个选择了打激素却效果平平的家长，心都要碎了："别说运动了，每天写完作业就已经十二点，哪里睡得够八个小时！"大家的说法如出一辙：打针要趁早，在高年级之前把个子拉上来，以后就专心学习不用管了，原来专家倒也不是完全唬我。

没时间学小四门，没时间学英语，没时间学语文，没时间运动和睡觉，甚至没时间自然生长。我知道通往成功的路要付出很多，但我又觉得，不成功的话，也行吧？

三个月后，我们没有再回到那间特需专家诊室。天生万物，总有一些花儿错过节令，那就由它们按照自己的节奏开放吧。

我们一家认真地讨论了几番，最后决定就在家门口上中学，因为我每天在附近买早点，都能遇见身着校服的孩子放松地吃早餐，无论何时路过校园，操场和体育馆里总有很多孩子在活动。

在拼不动名校的郊区，我们或许有多一些时间去运动，去休息，去按自己的节奏慢慢长大。

4

脱口秀演员童漠男讲过一个叫《北下关》的作品。

小时候，患有严重注意力缺陷障碍的童漠男学习困难，没有朋友，辗转换了好几所重点小学，始终得不到改善，直到父母克服焦虑，把他送进三点钟就放学的北下关小学。在那里，有同学跟他一样上课开小差，有同学会拆教室的电视机，还有同学能帮老师给汽车换备胎。在主流社会评价中"但凡不是对自己的孩子绝望了，谁能送到那儿去"的学校，成了滋养漠男童年的乐园。

我常常觉得，女儿从小到大上的这些郊区"破学校"，也是一所又一所的"北下关"。

在这些散漫的学校里，我们从未被"三年级还没过PET① 怎么办"的焦虑裹挟，也不在乎那些直通名校的秘密竞赛通道在哪里开启。每天放学回家，女儿总是有很多话迫不及待地要讲给我们听。幼儿园很高兴，小学很高兴，上了初中，依旧很高兴。

在这个"吹拉弹唱"的学校，每周会有两节劳动课。

① 剑桥大学外语考试部设计的"剑桥通用五级考试"中的第二级。

孩子们晒着大太阳锄地、拔草、下秧、浇水，还有扎篱笆，一百分钟劳作下来，每个人脸蛋都是红扑扑的，回家只想痛痛快快吃顿饭，好好睡一觉。

有一天女儿回来说，中午食堂额外加了一大盆五香花生毛豆，是另一个班的劳动收成。还有一天她特别兴奋，说翻土的时候挖出了八条蚯蚓，拔草又抓到了不少蚂蚱，生物课刚好学到这里，全年级有了现成的活教具。

这里就像我们当初考察学校时看到的那样，操场上永远熙熙攘攘。我女儿个子小小，却自己报名参加了田径队训练："跑起来就很开心，感觉特别自由！"校运会开始，她同时报了 400 米和 1500 米。

与那些集中资源培养精英出去比赛的学校不同，在这里，排球、足球、篮球，所有运动通通没有门槛，不看身体条件，不管技术好赖，只要愿意，都可以加入，孩子们拥有丰富的体验和尝试机会。

我还遇到过学生乐队上课前在校门口演出，阳光透过树叶缝隙洒下来，完美地呈现了什么叫闪亮的日子。女儿告诉我，学校给了一间排练室，学生们会利用午休时间自主排练。她受到感染，也捡起几年没弹的吉他，重新换弦，重新练琴，重新爱上了音乐。

每每听女儿兴奋地说起学校点滴，我和爱人总是感慨，真好啊。

学习呢？的确有过挠头的时候。小升初从三门课陡增到七门课，第一个月女儿果然学得手忙脚乱，七升八增开一门物理，又是我们一家子文科脑袋的盲区，难免稀里糊涂。"考不好很正常，确实有难度。"爱人甚至还会补充一句，"爸爸以前也学不会。"

网上有很多免费的视频课，我们挑出掌握不牢的知识点，有侧重地看课复习、做题巩固，我仍然要求她到点必须睡觉，保证第二天有充沛的精力认真听课才是重点。两次小低谷皆是如此，坚持一小段时间后，就能跟上学校进度了，到期中测试，已经完全没有问题。

这些年来，女儿偶尔也会问我："妈妈，我需要去外面补课吗？"

我每次都回答："暂时不用，以后实在跟不上再说。"

五条人乐队有一首歌，叫《问题出现我再告诉大家》。我就是这样想的，很多人说现在放松以后会出各种问题，那就等到问题出现再去解决问题好了。

学习重要吗？很重要啊，在我看来，每个人都应当在生活的大课堂里，培养终身学习的习惯、兴趣和能力。而不是一叶障目，用应试的题海战术占据全部生活，又在应试结束后彻底厌弃，再也不学习。

女儿的成绩谈不上拔尖，但她对学习和学校始终保持高度热情，对于她来说，探求新知识和喂鸭子一样，是一件有意思、自己想去做的事情。跟那些一路往前赶的孩子相比，我女儿走得确实有些慢，但也因为慢，她有了更多属于自己的时间：玩的时间、发呆的时间、看闲书的时间……这些"浪费的时间"，正是她尽情思考探索、逐渐形成自我的时间。

我在社交平台记录女儿的郊区"小破校"生活，很多网友也来告诉我他们的经历和感受。冬天停课打雪仗、放学路上抬头看云、在学校旁边的小铺里摸狗、晚自习老师放了场电影……这些美好的记忆，成了他们长大以后给自己人生充电的能源。

我的女儿也会很快长大，我相信，童年时那些幸福的瞬间和完整的自我意识，也将永远沉淀在她心底，成为一生中对抗艰难险阻的铠甲。

还记得《北下关》这个作品刚在节目中播出那阵，很多人大呼感动、温暖、治愈，"北下关"成了某种理想化的代名词，俨然童年乌托邦。而后热度过去，人们回到自己的轨道，依旧该鸡的鸡，该卷的卷。

我有时候在想，大家羡慕的真的是北下关吗？还是在北下关度过了快乐童年、小有所成的童漠男的人生样板？童漠男的幸福真的只是遇见北下关吗？还是源于能够克服焦虑，把他送进北下关小学的父母？

还好，在普高率40%的郊区，我女儿有她自己的"北下关"。

图书在版编目（CIP）数据

我不擅长的生活 / 小红书主编. -- 上海 ： 文汇出
版社，2025. 6. -- ISBN 978-7-5496-4491-9

Ⅰ. I25

中国国家版本馆CIP数据核字第2025FU3347号

我不擅长的生活

编　者/	小红书
责任编辑/	何　璟
特邀编辑/	秦　薇　王　雪
营销编辑/	冉雨禾
装帧设计/	韩　笑　叶　绡
版式设计/	徐　蕊
内文制作/	王春雪
出　版/	**文匯**出版社
	上海市威海路 755 号
	（邮政编码 200041）
发　行/	新经典发行有限公司
电　话/	010-68423599　邮　箱/ editor@readinglife.com
印刷装订/	河北鹏润印刷有限公司
版　次/	2025 年 6 月第 1 版
印　次/	2025 年 6 月第 1 次印刷
开　本/	850×1168　1/32
字　数/	147 千
印　张/	8

ISBN 978-7-5496-4491-9

定　价/　59.00 元

敬启读者，如发现本书有印装质量问题，请与发行方联系。